# Adlige Pflichten – verbotene Träume

Reni Guldberg

**Impressum**

Copyright: Novo-Books im vss-verlag
Jahr: 2024

Lektorat/ Korrektorat: Annemarie Werner
Covergestaltung: Hermann Schladt

Verlagsportal: www.novobooks.de
Gedruckt in Deutschland

Die Deutsche Nationalbibliothek verzeichnet diese Publikation in der Deutschen Nationalbibliografie.

Jeder Tisch im Gastraum war besetzt. Sonntags lief das Geschäft immer gut, dass es aber keinen freien Platz mehr gab, kam selten vor. Leah stellte die Teller am Tisch ab, wünschte »Guten Appetit« und ging schnellen Schrittes zur Küchenausgabe, um die nächsten Gerichte dort abzuholen. Sie wischte sich den leichten Schweißfilm von der Stirn, registrierte gleichzeitig, dass ihre bestellten Pils am Büffet bereitstanden, um abgeholt zu werden. Ihre blonden Haare hatte sie zu einem Zopf gebunden. Die zusammengefassten Haare ließen ihr schmales Gesicht runder erscheinen. Haare Sie machte einen kleinen Umweg am Tresen vorbei und fragte ihren Bruder, der am Zapfhahn stand: »Kannst du die Pils an Tisch vier bringen. Ich bin am Schwimmen.«

Ihr Bruder nickte, stellte die Biere auf ein Tablett und marschierte in den Gastraum. Leah brachte die beiden Essen, die sie an der Ausgabe abholte, zu dem Ehepaar, das am Tisch neben der Kuchenvitrine saß.

Dann kassierte sie an Tisch acht und zehn und räumte daneben die Tische ab. Danach ging sie kurz hinter das Büffet, um sich ein Glas Mineralwasser einzuschenken. Sie trank es in langen Schlucken leer. Sie band die Schürze fester um ihre schmale Taille und ging wieder an die Arbeit. Sie verabschiedete die Gäste, die eben bezahlt hatten, und verschaffte sich einen Überblick. Alle Essen waren draußen, es schien niemand ein Getränk zu verlangen. Zeit einen Gang runter zu schalten.

Ein voll besetztes Restaurant hatte ihr am Anfang ihrer Lehre den meisten Stress verursacht. Mittlerweile konnte sie gut damit umgehen, behielt die Ruhe.

Sie hatte ihre Ausbildung zur Restaurantfachfrau mit dem Besuch der Berufsfachschule Nahrungs- und Gaststättengewerbe begonnen und danach, da ihr die Zeit an der Fachschule angerechnet wurde, eine verkürzte Lehre zur Restaurantfachfrau gemacht. Seit ungefähr zwei Jahren arbeitete sie im elterlichen Betrieb, den sie später mit ihrem Bruder weiterführen sollte. Ob das wirklich mal so kommen würde, war für sie ungewiss. Es war lediglich der Wunsch ihrer Eltern. Sie wollte einfach schauen, was das Leben für sie bereithielt. Überzogene Vorstellungen davon hatte sie jedoch nicht.

Die Gaststättentür öffnete sich und eine Gruppe junger Leute trat ein. Ein großer, schlanker Mann trat auf Leah zu und fragte: »Haben Sie einen Tisch für sechs Personen frei. Wir haben leider nicht reserviert.«

Leah schaute hinter sich. Die beiden eben frei gewordenen kleinen Tische konnte sie zusammenschieben, dann wären genug Plätze vorhanden. Sie nickte, sagte: »Einen kleinen Moment bitte, ich muss das nur vorbereiten«, schob beide Tische zusammen und bot den jungen Leuten die Plätze an. Die Gruppe nahm Platz. Bevor der Sprecher der Gruppe sich setzte, deutete er eine Verbeugung vor Leah an und sagte: »Vielen Dank, das war sehr nett von Ihnen.« Er lächelte Leah an. Ihr fiel auf, dass er grünblaue Augen hatte, die schelmisch funkelten. Er hatte dunkelblonde Haare und eine athletische Figur. Ihr Herz schlug etwas schneller.

Sie brachte die Speisekarten an den Tisch, fragte nach den Getränkewünschen und ging dann an das Büffet um die Bestellung aufzugeben. Aus der Entfernung schaute sie sich die Gruppe der jungen Leute an. Zwei junge Mädchen und vier junge Männer. Alle sportlich salopp gekleidet, wie man sah Markenkleidung. Leah schätze, dass es Studenten waren, die hier ihr Wochenende abschlossen, um sich dann die Woche über wieder ihrem Studium zu widmen. Aber sie hatte keine Ahnung wie ein Studium ablief, wie die tatsächlichen Anforderungen aussahen. Die Studenten, die sie bisher durch ihre berufliche Tätigkeit »kennengelernt« hatte, hatten immer auf sie gewirkt, als sei ein Studium kein großes Problem.

Sie ging wieder zum Tisch und nahm die Essensbestellung auf. Als der bisherige Sprecher der Gruppe, seine Bestellung aufgab, musterte er Leah aufmerksam. Obwohl Leah sich nicht gerne anstarren ließ, war ihr es nicht unangenehm. Sie freute sich, dass sie ihm auffiel. Ihr Herz schlug wieder schneller. Was war nur los mit ihr? Das war ihr noch nie passiert. Brachte dieser junge Mann tatsächlich ihr Herz zum pochen?

Moritz, ihr Exfreund fiel ihr ein. Mit ihm war ihr so etwas nicht passiert. Naja, sie hatten sich getrennt. Das heißt, sie hatte sich getrennt. Sie schüttelte den Kopf, um diese Gedanken abzuschütteln. Da wollte sie nicht dran denken. Sie war froh, dass das Kapitel beendet war.

Als ob dieser Gedanke ihn herbeigerufen hätte, öffnete sich die Tür zum Gastraum und ihr Ex, Moritz Kessel, kam herein. Der schlanke Mann strich sich über seine schwarzen kurz geschnittenen Haare, schaute sich suchend im Raum um, um sich dann leicht schwankend, auf den Weg zum Tresen zu machen.Er kletterte etwas unbeholfen auf einen der Barhocker und bestellte bei Leahs Bruder ein Bier. Dieser blickte suchend nach Leah. Sie begegnete seinem Blick, schüttelte den Kopf und ging zum Tresen. Herausfordernd sah sie Moritz Kessel an. »Was willst du hier?«

Er antwortete mit schwerer Zunge: »Ich muss mit dir reden. Wir müssen das zwischen uns klären.«

Wie es schien, war er angetrunken. Leah seufzte. Warum das jetzt?

»Es gibt zwischen uns nichts zu klären. Ich werde nicht mit dir reden. Du kannst also ruhig wieder gehen.«

Damit drehte sie sich herum, ging an einen der Tische, um die Gäste dort zu fragen, ob sie noch einen Wunsch hätten.

Moritz schaute ihr mit starrem Blick hinterher, wandte sich dann an Leahs Bruder Finn. »Ich will mein Bier.«

Finn zuckte mit den Achseln und zapfte das Bier an. Er konnte das Moritz schlecht verweigern. Moritz war Gast hier, es gab keinen Grund ihn nicht zu bedienen. Weil er mal Leahs Freund war und sie nicht mit ihm reden wollte? Ärger hatte er ja keinen gemacht und Lokalverbot hatte er auch nicht.

Moritz Blick ging hin und her. In ihm schien es zu arbeiten. Da kam Leah an das Büffet, um ihre bestellten Getränke abzuholen. Moritz rutschte vom Barhocker, ging die zwei Schritte auf Leah zu, griff sie an einem ihrer Arme, riss sie zu sich herum und schrie: »Du redest jetzt mit mir!«

Alle Köpfe im Lokal drehten sich nach ihnen um.

Der Wortführer am Tisch der jungen Leute war aufgesprungen und eilte auf Leah und Moritz zu. Er packte Moritz am Arm und riss ihn von Leah weg.

»Sie lassen die junge Frau in Ruhe, sonst bekommen Sie es mit mir zu tun.«

Moritz starrte den Mann mit stieren Augen an. Seine Schultern sackten nach unten, er schien die Situation zu begreifen, schien zu Sinnen zu kommen.

»Ja, ist schon gut«, meinte er. »Ich verschwinde.« An Leah gewandt, sagte er: »Wir reden noch. So leicht kommst du mir nicht davon.«

Dann verließ er das Lokal mit wankenden Schritten.

Leah neigte sich zu dem jungen Mann hin. »Ich danke Ihnen, dass Sie sich für mich eingesetzt haben, das war sehr nett von Ihnen.« Ihr Herz schlug ihr bis zum Hals.

»Nichts zu danken«, sagte ihr Gegenüber. »Ich darf mich vorstellen. Ich heiße Paul von Bodenhausen. Sie sind bitte?« Er lächelte. Ein bezauberndes Lächeln, wie Leah fand.

»Ah so, ja. Ich heiße Leah. Leah Bernung. Ich bin die Tochter des Gastwirts.«

»Sehr erfreut«, sagte Paul von Bodenhausen. »Ich freue mich, Ihre Bekanntschaft gemacht zu haben.«

Damit drehte er sich um und ging an seinen Platz zurück. Einer der Männer am Tisch nickte ihm anerkennend zu.

Obwohl Leah viel zu tun hatte und sich voll auf ihre Arbeit konzentrieren musste, schaute sie immer wieder zu Paul von Bodenhausen hin. Und jedes Mal begegneten sich ihre Blicke. Und ihr Herz schlug höher.

Mein Gott, hatte sie sich etwa auf Anhieb in den jungen Mann verliebt? Liebe auf den ersten Blick war doch nur ein Mythos. Das gab es nicht wirklich.

Als sie später am Tisch der jungen Leute abkassierte, hoffte sie, dass Paul, wie sie ihn insgeheim nannte, noch etwas zu ihr sagen würde, vielleicht den Wunsch äußern würde, mit ihr in Kontakt zu bleiben. Doch er lächelte sie zum Abschied nur freundlich an und verließ mit seinen Freunden das Lokal.

Leah hatte das Gefühl, als sei die Gaststätte tatsächlich leerer geworden. Ob sie Paul wieder sehen würde, dachte sie traurig. Immerhin wusste sie seinen Namen. Nach Feierabend würde sie im Internet in den sozialen Medien schauen, ob er dort zu finden wäre.

*

Nachdem die jungen Leute das Lokal verlassen hatten, schlug einer der Männer Paul von Bodenhausen auf die Schulter und sagte: »Hast du gut gemacht. Ich kenne den Typen übrigens. Er ist in meinem Studiengang. Der ist irgendwie unangenehm, sehr von sich eingenommen. Man munkelt, er hätte mal, was mit einer unserer Dozentinnen gehabt.«

Paul von Bodenhausen nickte nur und verabschiedete sich. Er stieg in seinen BMW Z3 Roadster, startete ihn und fuhr los. Er dachte an die junge Bedienung aus dem Lokal »Berghöhe«. Sie gefiel ihm. Mehr als das. Als er ihr in die Augen schaute, hatte er das Gefühl, als würde er sie schon ewig kennen. So etwas war ihm vorher noch nie geschehen. Er hätte ja noch gern mit ihr gesprochen, aber in dieser Situation war das nicht möglich gewesen. Außerdem war es nicht nötig, gleich zu ihr Kontakt zu knüpfen. Die Zwangslage bestand nicht, wusste er doch, wo sie arbeitete und zu erreichen war. Er würde gleich am nächsten Tag die Gaststätte wieder aufsuchen, um Leah, ja so hieß sie, zum Essen einzuladen. Er musste diese junge Frau unbedingt näher kennenlernen.

Als er auf dem Gestütshof seiner Eltern in Gliesen ankam und den Wagen in die Garage gefahren hatte, ging er beschwingten Schrittes ins Wohnhaus und begrüßte dort seine Eltern. Ludwig Graf von Bodenhausen und Amelie Gräfin von Bodenhausen, die im geräumigen Wohnzimmer bei einem Drink zusammensaßen. Paul ging an die Bar, öffnete die Tür und schenkte sich einen Scotch ein. Er setzte sich gegenüber seiner Eltern in einen der braunen Ledersessel. Für seinen Geschmack war der Raum mit seiner dunklen Holzvertäfelung und den Eichenmöbeln zu düster gehalten. Leider passte momentan die Stimmung seines Vaters gut zu der Umgebung. Ihn schien seit einiger Zeit etwas zu bedrücken, aber Paul hatte bisher nicht gewagt, seinen Vater darauf anzusprechen. Der Graf strich sich durch seine grau werdenden lichten Haare und fragte in freundlichem Ton: »Wo warst du? Was hast du gemacht?«

»Ich war mit ein paar Freunden essen. Wir waren in der Gaststätte »Berghöhe« in Möneberg. Das Essen dort ist sehr gut, muss ich sagen.«

»Ach, das ist das Lokal oben auf dem Berg. Ich habe davon gehört, eingekehrt sind wir jedoch dort noch nie. Wenn du sagtst, dass das Essen dort gut ist, sollten wir zusammen mal essen gehen.«

Paul lächelte erfreut. »Ja, können wir machen. Wir haben lange nichts mehr gemeinsam unternommen. Wird wieder mal Zeit.«

»Gern am nächsten Wochenende, wenn du magst.« Der Graf schaute fragend zu seiner Frau. Amelie von Bodenhausen nickte. Ihre kastanienbraunen Haare schimmerten im Licht, ihre grünen Augen waren auf ihren Mann gerichtet.

»Also abgemacht«, sagte Pauls Vater. »Wie läuft es bei dir im Studium?«

Paul lächelte. »Alles bestens. Die Lernerei macht mir keine Probleme. Der Stoff ist zwar manchmal etwas trocken, aber das macht mir nichts. Das war in der Schule auch so. Das bin ich sozusagen gewöhnt.«

Paul studierte in Marktburg, dass etwa zwanzig Minuten entfernt war, Betriebswirtschaft. Er entschied sich für dieses Studium, weil er mal das Gestüt des Vaters übernehmen würde und er die Ausbildung als Voraussetzung ansah, das Gestüt kompetent weiterführen zu können. Was natürlich im Sinn des Grafen war.

»Das freut mich«, sagte Pauls Vater. »Ich habe mich damals mit meinem Studium der Agrarwissenschaft schwergetan. Ich habe es aber immerhin unbeschadet hinter mich gebracht.« Er lächelte.

»Gut«, sagte Paul. »Ich ziehe mich dann mal zurück. Ich wünsche euch eine gute Nacht.«

Man verabschiedete sich und Paul ging in das obere Stockwerk, wo er zwei Zimmer sein eigen nannte. Bevor er das Licht löschte, dachte er noch an Leah, die junge Bedienung aus der »Berghöhe«.

*

Als Leah ihre Arbeit beendet und die Abrechnung gemacht hatte ging sie in das angebaute Wohnhaus der Gaststätte in ihr Zimmer. Bevor sie zu Bett ging, setzte sie sich mit ihrem Laptop an den kleinen Tisch, der mitten im Zimmer stand. Sie suchte im Internet nach Paul von Bodenhausen. Und tatsächlich fand sie ihn. Unter »MySite«, einer der sozialen Plattformen im Netz hatte er ein Profil unter seinem Klarnamen angelegt. Es gab dort von ihm Einträge über sein Studium, seine Studienkollegen und über Freizeitaktivitäten. Es gab Fotos von einem Badesee aus der Umgebung, Fotos von Urlauben in südlichen Ländern und Fotos verschiedener studentischer Feiern. Der junge Mann wirkte sehr lebensfroh. Leah gefielen die Fotos durchweg. Wie sie aus den Texten zu einigen Fotos erkennen konnte, studierte Paul von Bodenhausen Betriebswirtschaft. Dann gab es noch Fotos von abgelegenen Orten in der Natur. Der junge Mann schien ein Faible dafür zu haben.

Der letzte Punkt gefiel Leah sehr, da sie sich auch gern in der freien Natur aufhielt. Da gab es also etwas, was sie und den jungen Mann verband.

Als sie sich dann ins Bett legte, brauchte Leah einige Zeit, bis sie in den Schlaf fand.

*

Die Zunge lag wie ein Schwamm im Mund, seine Kehle war wie ausgedörrt. Moritz Kessel öffnete die Augen und richtete sich im Bett auf. Das hätte er lieber lassen sollen, denn um ihn herum schien sich alles zu drehen. Er ließ sich zurückfallen und schloss die Augen wieder. So blieb er zwei, drei Minuten liegen, dann gab er sich einen Ruck, richtete sich erneut auf und setzte sich auf die Bettkante. Vor dem Bett stand eine Flasche Mineralwasser. Also hatte er, als er gestern Abend zu Bett ging, eine gewisse Vorsorge getroffen. Er konnte sich jedoch nicht erinnern, dass er die Flasche vor das Bett stellte. Er nahm sie, öffnete sie und trank in gierigen Zügen. Sofort fühlte er sich etwas besser. Er brauchte unbedingt einen Kaffee, um seine Lebensgeister richtig zu wecken. Er erhob sich, ging in die Küche, legte ein Kaffeepad in die Kaffeemaschine und schaltete sie ein. Mit dem fertigen Kaffee setzte er sich an den kleinen Tisch, der in der Küche stand, und nahm den ersten Schluck.

Da hatte er sich gestern wohl, was seinen Alkoholkonsum betraf, etwas übernommen. Er war gegen Abend in Marktburg in eine der vielen Studentenkneipen gegangen, er meinte, es sei das »Zahllos« gewesen und sich ein Bier bestellt.

Er war in melancholischer Stimmung gewesen und hatte wohl einen »Seelentröster« gebraucht. Bei dem einen Tröster war es dann aber nicht geblieben. Er wusste nicht, wie es gekommen war, doch war ihm schon morgens Leah eingefallen und sie war ihm den ganzen Tag nicht aus dem Kopf gekommen.

Sie waren jetzt seid einem Jahr getrennt und er litt tatsächlich immer noch darunter. Er erkannte erst nach der Trennung, wie sehr er Leah liebte. Leider vermasselte er alles. Er wusste nicht, was ihn ritt, als er diese blödsinnige Affäre mit Elsa Kleiber anfing. Ja, sie war eine attraktive Frau mit ihrer schlanken Figur, der kessen Kurzhaarfrisur. Sie war zweiunddreißig Jahre alt, also acht Jahre älter als er. Und seine Dozentin an der Uni. Und das reizte ihn. Dass sie eine ältere, erfahrene Frau und als seine Dozentin für ihn eine Respektsperson war. Dass sie ihn nur benutzte, wie sie es mit anderen Kommilitonen getan hatte, war ihm erst klar geworden, als sie ihm nach kurzer Zeit den Laufpass gab. Da war er aber schon von Leah getrennt gewesen.

Elsa Kleiber sammelte sozusagen junge Studenten, und wenn sie nach wenigen Wochen genug von ihnen hatte, machte sie Schluss, um sich ein neues »Opfer« zu suchen. Eine Nymphomanin, wie sie im Buche stand.

Mit Leah das war dumm gelaufen. Er saß mit Elsa in Marktburg in der Eisdiele, küsste sie, als Leah hereinkam und beide sah. Die Situation war absolut unmissverständlich gewesen. Da gab es nichts zu erklären, nichts zu diskutieren. Leah drehte sich herum und verschwand mit schnellen Schritten. Moritz wollte den Besuch in der Marktburger Eisdiele nicht, Elsa bestand darauf. Hier mit einem ihrer Studenten »erwischt« zu werden, gab ihr wohl den entscheidenden Kick. Anders war das nicht zu erklären. Leah hatte am nächsten Tag mit Moritz Schluss gemacht und er war wie ein geprügelter Hund abgezogen.

Er dachte, die Trennung würde ihm nichts ausmachen, doch er täuschte sich in seinen Gefühlen. Er konnte Leah nicht vergessen.

Ja, es war ein Fehler gewesen, dass er, angetrunken wie er war, Leah aufgesucht hatte, um mit ihr zu reden. Während ihrer Arbeitszeit. Wie bescheuert war das denn? Er sah, was dabei herausgekommen war. Die Situation war dadurch nur verschlechtert worden. Leah machte ihm klar, dass sie nichts mehr mit ihm zu tun haben wollte. Also hatte die vergangene Zeit nichts an ihrer Entscheidung, getrennt von ihm zu sein, geändert. Er hatte gehofft, dass sie ihn vermissen würde, merken würde, wie sehr sie ihn mochte. Doch er hatte sich getäuscht. Er verletzte sie mit der Affäre zu sehr, das hatte wohl alle Gefühle für ihn in ihr zerstört.

Was sollte er jetzt tun? Er wollte nicht von ihr lassen. Sollte er sie im Lokal anrufen und um ein Gespräch bitten? Wahrscheinlich der beste Weg, gleichzeitig auch der schlechteste. Sie brauchte, falls sie überhaupt am Apparat war, einfach nur auflegen.

Er rief sie auf ihrem Mobiltelefon an, nur um feststellen zu müssen, dass ihre auf seinem Handy gespeicherte Nummer nicht mehr vergeben war. Sie hatte sich also nach der Trennung von ihm eine neue Mobilfunknummer beschafft. War ein deutliches Zeichen für ihn.

Da kam ihm eine Idee. Er würde ihr in die Gaststätte einen Strauß Blumen mit einer Karte schicken, in der er sich für sein Verhalten entschuldigen und sie bitten würde ihn anzurufen. Bei diesem Gedanken wurde ihm leichter ums Herz und er fühlte sich gleich bedeutend besser.

*

Es war am nächsten Tag. Leah hatte durchgehend Dienst, was hieß das sie nicht nur zur Mittagszeit gearbeitet, sondern auch nachmittags das Kaffeegeschäft abdeckte. Die Kaffeezeit lag ihr nicht. Es mussten viele Kaffeesets vorbereitet werden, also Tabletts mit Untertasse, Kaffeetasse, Kaffeelöffel, Zuckerbehälter, Minimilchkännchen, Papierserviette für das Tablett und Papierdeckchen für die Untertasse bestückt werden. Das nahm Zeit in Anspruch und machte Stress, wenn keine vorbereiteten Kaffeetabletts mehr vorhanden waren. Und das passierte immer. Zusätzlich nervte sie das Tortenschneiden, irgendwie stresste sie die ganze Angelegenheit mehr als das Mittagsgeschäft. Aber es war nicht zu ändern. Es gehörte zu ihrer Arbeit dazu und ihr Vater hätte ihr nie erlaubt, sich davor zu drücken. Er machte da keine Ausnahme. Er bevorzugte weder seine Tochter noch seinen Sohn vor den anderen Angestellten. Und das war richtig so. Hätte er das getan, hätte das unter seinen Bedienungen mit Sicherheit für Unmut gesorgt.

Leah hatte sich für den Abend mit Hannah, ihrer langjährigen Freundin, in der Pizzeria »Paradiso« verabredet. Dort würden sie sich eine Pizza gönnen und anschließend den Abend in einer der Studentenkneipen beschließen, die es in Marktburg gefühlt an jeder Straßenecke gab. Als Leah das Lokal betrat, saß Hannah schon an einem Tisch neben einem der Aquarien, die in dem Restaurant standen. Das Aquarium beherbergt einige Axolotl. Es war zwar sehr groß, aber Leah war nicht sicher, ob die Tiere tatsächlich artgerecht gehalten wurden. Trotzdem war es interessant die Tiere zu beobachten.

Hannah winkte Leah erfreut zu, stand auf als Leah an ihrem Tisch ankam und umarmte sie. Die Frauen kannten sich aus ihrer Zeit an der Berufsfachschule für das Hotelgewerbe, an der sie vor einigen Jahren als Schülerinnen waren. Diese Schule besuchten in der Regel Kinder von Hoteliers und Gaststättenbesitzern. Hannah war eine Ausnahme gewesen. Ihre Eltern kamen nicht aus der Gastronomie. Hannah hatte als Schülerin einen Sommer in einer Gaststätte gearbeitet, um ihr Taschengeld aufzubessern. Die Arbeit gefiel ihr und so entschied sie sich, eine Ausbildung in der Gastronomie zu absolvieren. Sie arbeitete zurzeit in der »Sonne«, einem sehr renommierten Restaurant in Marktburg. Es traf sich heute, dass auch sie einen freien Abend hatte. Kaum nahmen die Mädchen wieder Platz, erschien Salvatore, einer der Kellner des Restaurants, um die Getränkebestellung aufzunehmen und legte ihnen die Speisekarte vor. Er grüßte die beiden sehr erfreut, sie waren hier schon lange Stammgäste.

»Also, was gibt es Neues bei dir?«, fragte Leah ihre Freundin, nachdem sie die Essensbestellung aufgegeben hatten und die Getränke an ihrem Platz standen.

»Naja«, sagte Hannah und zog die Augenbrauen hoch, »eigentlich nichts Neues, außer das Jannik und ich uns mal wieder in den Haaren hatten.« Sie strich sich ihre roten Haare aus der Stirn. »Und es geht immer um dasselbe. Ihm missfallen meine Arbeitszeiten. Er will, dass ich mich in einem Café oder im Restaurant des Kaufhauses Mertens bewerbe, da ich dort nicht abends arbeiten muss. Aber ich möchte das nicht. Gerade der Dienst am Abend macht mir den meisten Spaß. Ich habe das Gefühl, dass die Gäste entspannter sind. Sie haben keinen Zeitdruck wie mittags, wenn für die Gäste die Arbeit ruft. Ich merke das am Trinkgeld. Es beträgt abends immer bedeutend mehr als am Mittag.« Sie lachte.

Leah nickte bedächtig. »Das scheint echt ein Dauerbrenner bei euch zu sein. Ihr müsst das mal grundsätzlich klären, sonst fällt euch das noch eines Tages vor die Füße. Wäre schade.«

Leah kannte Jannik. Er arbeitete in einem Reha-Zentrum in Marktburg als Physiotherapeut. Er war ein netter Mann von vierundzwanzig Jahren und Leah war der Meinung, dass Hannah und er gut zusammenpassten.

»Für mich ist das grundsätzlich geklärt. Jannik müsste das endlich mal akzeptieren. Naja, das braucht noch Zeit«, sagte Hannah. Sie lächelte.

»Gibt es denn bei dir was Neues?« Erwartungsvoll schaute sie Leah an. Diese nickte einfach. »Ja, stell dir vor. Gestern Abend tauchte Moritz angetrunken bei uns im Lokal auf. Er wollte unbedingt mit mir reden. Als ich mich weigerte, wurde er zudringlich. Er ließ dann von mir ab, als einer unserer Gäste für mich eintrat und Moritz in die Schranken wies. Moritz zog ab wie ein geprügelter Hund. Der Gast, Paul von Bodenhausen, ein junger gutaussehender Mann, hat mir sehr gefallen. Wirklich sehr. Ich habe sogar im Internet nach ihm gesucht. Und habe ihn gefunden. Er scheint ein Adliger zu sein. Wenigstens seinem Namen nach und die Fotos im Netzwerk »MySite«, in dem ich auch angemeldet bin, weisen darauf hin. Er scheint nicht arm zu sein. Obwohl das egal ist.«

»Was! Du hast nach ihm im Internet gesucht? Da scheint dich dieser Typ aber sehr beeindruckt zu haben. Das kenne ich gar nicht von dir.«

»Ja, er hat mir gut gefallen. Und ich habe mir überlegt, wie ich ihn kennenlernen könnte. Ich könnte ihm in »MySite« eine Freundschaftsanfrage stellen, und wenn er sie annimmt, kann ich engeren Kontakt knüpfen.«

Hannah schüttelte den Kopf. »Und wenn er auf deine Freundschaft dankend verzichtet. Was dann?«

»Da habe ich mir schon Gedanken gemacht. Ich könnte in »MySite« schauen, wo er seine Freizeit verbringt. Einen Club, wo er zum Tanzen hingeht, habe ich schon ausfindig gemacht.«

Hannah schaute Leah erstaunt an. »Hallo. Merkst du eigentlich, was mit dir los ist? Du bist ja in den Typen total verschossen. Sieht aus, wie Liebe auf den ersten Blick.«

Leahs Gesicht überzog eine feine Röte. »Quatsch. Liebe. Du spinnst. Er gefällt mir halt. Mehr ist da nicht.«

Hannah lachte. »Wer´s glaubt.«

*

Am nächsten Abend staunte Leah nicht schlecht, als die Gaststättentür aufging und Paul von Bodenhausen eintrat. Er blickte sich suchend um, als er Leah sah, zog ein Lächeln über sein Gesicht. Er nahm an einem der kleinen Tische Platz, die für einen oder zwei Gäste gedacht waren. Der Tisch gehörte nicht zu Leahs Revier sondern Robert Merker, einer der angestellten Kellner, bediente hier. Leah ging direkt auf Robert zu, der am Büffet stand und auf eine Getränkebestellung wartete. Sie sagte zu ihm: »Robert, überlasse mir bitte den Gast an Nummer siebzehn.«

Robert schaute erstaunt, nickte jedoch sofort zustimmend. Leah war die Tochter des Chefs, deshalb stellte er ein solches Anliegen nicht infrage. Leah ging auf Paul von Bodenhausen zu und sagte: »Guten Abend. Es freut mich, Sie wiederzusehen. Was darf es denn sein?«

Der junge Mann lächelte. »Ich möchte nichts verzehren. Ich habe nicht viel Zeit. Ich bin nur hierhergekommen um Sie etwas zu fragen.«

Leahs Herz schlug laut. »Sie können mich fragen, was Sie wollen.« Sie brachte die Worte kaum aus ihrem Mund, so sehr nahm sie die Präsenz des Mannes ein.

»Ich möchte Sie gern näher kennenlernen und möchte Sie daher zum Essen einladen. Würden Sie die Einladung annehmen?«

»Ja, gerne«, hauchte Leah.

»Dann sagen Sie mir, wann sie abends Zeit haben, Sie sind wahrscheinlich hier sehr eingebunden.«

»Ja, das stimmt. Aber übermorgen habe ich meinen freien Tag. Da hätte ich Zeit.«

Paul von Bodenhausen lächelte. »Sehr schön. Also am Donnerstag. Sagen wir um neunzehn Uhr. Ich suche uns ein schönes Lokal aus. Wo kann ich Sie abholen?«

»Hier vor dem Lokal. Hier ist auch mein Zuhause. Ich wohne im Nachbargebäude.«

»Gut«, sagte Paul, »dann am Donnerstag um neunzehn Uhr. Bis dann.«

Er erhob sich, nahm Leahs Hand und deutete einen Handkuss an. Leah errötete. Dann verließ der junge Mann das Restaurant. Leah blieb verträumt stehen. Erst als ihr Bruder,

der am Büffet Dienst tat, auf sie zukam und fragte: »Was wollte er. Der war ja schnell wieder weg«, kam sie in die Gegenwart zurück.

»Er hat mich nur zum Essen eingeladen. Übermorgen.« Sie strahlte.

*

Der herbeigesehnte Tag war da. Leah zog ihr bestes Kleid an und trug die feine goldene Halskette, die sie zu ihrem letzten Geburtstag von ihren Eltern bekam. Kurz vor neunzehn Uhr trat sie aus dem Haus, ihre schicke Handtasche unter dem Arm. Es war Ende Juni, die Sonne sandte ihre letzten warmen Strahlen des Tages aus. Für einen Moment hielt sie ihr Gesicht der Sonne entgegen. Ihr Herz schlug wild vor lauter Vorfreude und Erregung. Was würde der Abend bringen?

Sie brauchte nicht lange zu warten, da kam Paul von Bodenhausen mit seinem Sportwagen angefahren. Der blaue Lack des Roadsters glänzte in den Sonnenstrahlen.

Paul begrüßte Leah mit einem Handkuss, öffnete galant die Beifahrertür des Wagens und Leah nahm Platz. Eine solch höfliche Behandlung war ihr ungewohnt, es machte sie verlegen. Paul startete den Wagen und fuhr los. »Ich habe uns zwei Plätze in der »Sonne« reservieren lassen. Meiner Meinung nach das beste Lokal in Marktburg. Ich hoffe, ich habe damit Ihren Geschmack getroffen.«

Leah lächelte erfreut. »Aber sicher. Das Restaurant hat seinen guten Ruf verdient. Man kann dort sehr gut essen und wird zuvorkommend bedient. Meine langjährige Freundin Hannah arbeitet dort als Serviererin.«

»Oh«, sagte Paul. »Ich hoffe, das stört Sie nicht.«

Leah schüttelte den Kopf. »Nein, in keiner Weise. Auch Hannah wird es nicht stören, falls wir in ihrem Revier sitzen sollten und sie mich bedienen müsste. Sie ist sehr professionell.«

Aber sie saßen nicht in Hannahs Station. Sie grüßte Sarah mit einem Lächeln, als sie sie ins Lokal kommen sah, winkte ihr kurz zu. Dann kümmerte sie sich weiter um ihre Gäste.

Leah und Paul nahmen an ihrem reservierten Tisch Platz, Paul bestellte bei dem zuständigen Kellner eine Flasche Wein. Er schien sich auf der Weinkarte des Restaurants auszukennen. Leah fragte ihn danach. »Ja, ich gehe hier öfter essen. Mir gefällt es hier sehr gut. Was die besondere Note ist, ist die Tatsache, dass man hier im unteren Gastraum, einen Blick in die Küche werfen kann.«

Das Lokal besaß zwei große Gasträume. Der Gastraum in Parterre beinhaltete die Küche, in die man durch eine Durchreiche für die Speisen schauen konnte. Der Gastraum im oberen Stockwerk war allein Gästen vorbehalten.

»Sie haben doch nichts dagegen, wenn wir uns duzen, oder?«, fragte Paul.

»Sicher nicht«, entgegnete Leah und eine leichte Röte überzog ihr Gesicht.

»Dann lass uns darauf anstoßen, wenn der Wein da ist.«

Und das taten sie, nachdem der Kellner den Wein gebracht und die Essensbestellung aufnahm. Sie prosteten sich zu und Paul sagte: »Ich wünschte mir sofort dich kennenzulernen, als ich dich sah. Und hoffte sehr, dass es dir ebenfalls so gehen würde. Mir ist das noch nie passiert, dass ich das nach einem Zusammentreffen mit einer Frau, gewünscht hätte. Ich brauche immer ein bisschen Zeit, bis ich auf andere Menschen zugehe. Aber bei dir hatte ich gleich das Gefühl, als würde ich dich schon länger kennen. Ich hoffe, du verzeihst meine Deutlichkeit. Auch das kenne ich so nicht von mir.«

Leah wusste erst nicht, was sie sagen sollte, sie erlag Pauls Offenheit und sagte daher: »Ich will auch offen sein. Du gefielst mir auf Anhieb und ich hoffte sehr, dass dein Besuch bei uns im Lokal nicht unsere erste und letzte Begegnung sein würde.«

»Das freut mich«, sagte Paul. »Ich wünsche mir, du hast nichts gegen weitere Treffen einzuwenden.«

Leah nickte nur.

Als das bestellte Essen serviert worden war, ließen sie sich es schmecken. Sie verzehrten es schweigend, wobei jeder der beiden bemüht war, den anderen nicht merken zu lassen, wie intensiv sie an ihr Gegenüber dachten.

Als nach dem Essen Teller und Besteck abgeräumt waren und Leah und Paul noch einen Cappuccino genossen, fragte Paul: »Was war das für ein Mann, der dich in eurem Lokal belästigt hat, wenn ich fragen darf? Du kanntest ihn?«

»Ja, ich kenne ihn. Das war Moritz, mein letzter Freund. Wir waren ein Jahr zusammen. Ich habe ihn verlassen, der Grund war seine Liebesbeziehung zu einer anderen Frau. Er bat mich zwar um Verzeihung, aber das konnte ich nicht. Er hat mich damit zu sehr verletzt. Er wollte da letztens mit mir reden, aber ich habe mit ihm nichts zu bereden. Außerdem war er betrunken.«

»Und was wollte er genau?«

»Ich weiß es nicht. Ich denke aber, dass er gern wieder mit mir zusammen sein möchte. Was anderes kann ich mir nicht vorstellen. Aber da hat er sich geschnitten. Ich will nie wieder etwas mit ihm zu tun haben.«

Paul schüttelte den Kopf. »Eine Affäre mit einer anderen Frau. Unglaublich. Er hatte mit dir alles, was er sich nur wünschen konnte.«

»Ach, lassen wir das Thema. Sprechen wir ruhig über dich. Du studierst in Marktburg?«

»Ja, ich studiere Betriebswirtschaft. Ich werde mal das Gestüt meines Vaters übernehmen. Das Gestüt und unser Wohnsitz sind in Gliesen.«

»Das ist ja mal gerade zwanzig Autominuten von Möneberg entfernt. Und du bist adlig?«

»Was heißt adlig? Meine Vorfahren gehörten dem Adel an. Der Adel ist sozusagen seit der Weimarer Republik abgeschafft. Die Adelsbezeichnung ist heute nur noch Bestandteil des Namens. Das Adlige heute noch Ansehen haben, ist in der Regel damit zu erklären, dass sie sich ihren Wohlstand erhalten konnten. Und hat natürlich nostalgische Tradition.«

»Und was bist du für ein Adliger? Verzeih, dass ich so neugierig bin. Das Thema ist neu für mich und interessiert mich.«

»Naja, da mein Vater sich Graf nennen darf, bin ich folgendermaßen auch ein Graf. Die offizielle Anrede für mich wäre ‚Hochwohlgeboren'.« Er lachte.

»Wie würde ich dich offiziell ansprechen müssen?«

»Einfach als Graf Bodenhausen, das ‚von' lässt man bei der Anrede weg. Aber lassen wir das lieber. Für dich bin ich nichts anderes als Paul.«

Leah nickte. Dann sagte sie: »Aber eine Frage habe ich noch an dich.«

»Ja, bitte.« Paul sah sie gespannt an.

»Hast du eine Freundin?«

Paul lächelte und sagte: »Bis vor einiger Zeit war eine Studienkollegin meine Freundin, die Beziehung besteht nicht mehr. Wir haben einfach festgestellt, dass wir nicht so zueinander passen, wie wir das dachten. Wir haben uns freundschaftlich getrennt. Ich bin seit einem Jahr solo und leide bisher nicht darunter.«

Leah strahlte.

*

Ludwig Graf von Bodenhausen nahm sein Glas mit Sherry mit an den kleinen, mit Goldornamenten verzierten Tisch und stellte es dort ab. Dann setzte er sich in den, ebenfalls mit goldenen Verzierungen versehenen Sessel. Rudolf Fürst von Felsberg, der ihm den Platz angeboten hatte, setzte sich ihm gegenüber. Er nippte an seinem Glas und stellte es auf dem Tisch ab. Der korpulente Mann strich sich durch sein hellgraues Haar und sagte: »Sie sind also in eine finanzielle Schieflage gekommen. Wie konnte das geschehen?«

Er schaute Ludwig von Bodenhausen neugierig an. Dieser senkte den Kopf. »Nun, es ist nicht leicht für mich, darüber zu reden. Nur so viel: Ich habe mich an der Börse verspekuliert. Das allein wäre kein Problem gewesen. Leider teilte mir mein Tierarzt Dr. Hofer vor einem Monat mit, dass sich die Spermienqualität meines Zuchthengstes Midnight Shadow so verschlechtert hat, dass ich ihn nicht mehr zur Zucht verwenden kann. Er bekommt jetzt auf dem Gestüt sein Gnadenbrot. Die Decktaxe betrug immerhin neuntausendfünfhundert Euro und er war ein gesuchter Deckhengst, der für Einnahmen sorgte. Der Hengst war ein fester Bestandteil meines Einkommens. Bleibt noch das Holz aus dem Forst, das deckt aber keinesfalls meine Ausgaben.«

Der Fürst nickte bedächtig. »Sie sagten, Sie hätten Pläne. Wie sehen diese aus?«

»Ich wollte einen neuen Deckhengst erstehen. Und zwar Golden Sunlight vom Gestüt Dallensee. Verkaufspreis vierhunderttausend Euro. Der Kauf des Hengstes ist mir aber nun nicht mehr möglich.«

»Und was genau führt Sie zu mir, mein lieber Graf? Ich glaube nicht, dass ich in der Lage bin, Ihnen einen Kredit zu gewähren.«

Graf von Bodenhausen richtete sich entrüstet auf. »Nein, nein. Ich möchte keinen Kredit von Ihnen. Ich hoffte Sie als meinen Partner, meinen Teilhaber an meinem Gestüt zu gewinnen. Ich hörte, sie hätten Interesse an so etwas.«

Der Fürst lächelte. »Ja, Sie haben noch ein aktives Rennpferd in ihrem Stall, das einige renommierte Preise gewonnen hat. Daran beispielweise beteiligt zu sein würde mir gefallen. Damit einen Namen im Pferderennsport zu erhalten, würde mir für mein Prestige sehr zusagen.«

»Also wenn Sie nicht abgeneigt sind, würden Sie sich auch am Kauf von Golden Sunlight beteiligen?

»Ja, ich bin einverstanden, Ihr Teilhaber zu werden. Wie genau ich finanziell in Ihrem Gestüt einsteigen kann, können wir noch besprechen. Ich muss erst noch mit meinem Finanzberater reden, kann Ihnen aber meine Beteiligung in Aussicht stellen. Auch unsere Familien würden sich damit näher kommen, was ich übrigens sehr begrüßen würde. Wie Sie wohl wissen, ist Carlotta, meine Tochter mittlerweile im heiratsfähigen Alter und wir suchen einen standesgemäßen Ehemann für sie. Und da Sie einen ebenfalls heiratsfähigen Sohn haben ...« Der Fürst beendete den Satz nicht.

Ludwig von Bodenhausen nickte bedächtig. Er verstand. Der Fürst stände als Teilhaber zur Verfügung, wenn Paul und Carlotta ein Paar würden. Der Graf wollte natürlich auch, dass sein Sohn sich standesgemäß vermählte, war aber überrascht, dass das der Fürst so deutlich sagte.

»Ich verstehe«, sagte er. »Meinen Sohn standesgemäß verheiratet zu sehen ist ebenfalls mein Wunsch. Da sollten wir doch sehen, dass sich die beiden jungen Leute bald kennenlernen.« Er lächelte verhalten.

Fürst von Felsberg zeigte sich da weniger zimperlich. Er lachte laut und sagte: »Ich sehe, Herr Graf, wir verstehen uns. Ich würde Sie dann gern mit Ihrer Gattin und Ihrem Sohn zu einem privaten Bankett, sagen wir in vier Wochen, einladen. Selbstverständlich hier im Palais.«

*

Leah legte gerade neue Gedecke auf, verabschiedete zwei Gäste und ging zum Büffet. Sie trank von ihrem Mineralwasser und legte eine kleine Pause ein. Die Restauranttür öffnete sich und ein junger Mann mit Basecap trat ein. Er trug einen Blumenstrauß in der Hand. Sehr üppig.

»Ich suche eine Leah Bernung«, sagte er. »Sind Sie das?« Er trat auf Leah zu und hielt ihr die Blumen entgegen. Diese nickte erstaunt und nahm den Strauß an sich. Der junge

Mann verhielt kurz, zögerte und verließ das Lokal. Leah betrachtete die Blumen, an denen eine Karte befestigt war. Sollte der Strauß etwa von Paul von Bodenhausen sein? Neugierig öffnete sie die Karte. Sie war von Moritz Kessel. Enttäuscht las sie, was auf der Karte stand. »Liebe Leah, bitte gib mir noch einmal die Chance mit dir zu reden. Hier ist meine Handynummer. Bitte ruf mich an. Moritz.« Die Telefonnummer folgte.

Leah nahm den Brief und warf ihn in den Abfalleimer, der hinter dem Büffettresen stand. Mit dem Blumenstrauß ging sie nach draußen zum Hinterhof und warf ihn in den dortigen Abfallcontainer. Als sie wieder ins Lokal kam, sagte ihr Bruder, der sie erstaunt ansah: »Was war das denn jetzt?«

»Eine Mitteilung von Moritz. Aber der kann mich mal.«

Ihr Bruder nickte verstehend, schüttelte den Kopf und zapfte ein nächstes Bier an. Leah bediente ihre Gäste weiter, als sie ihre Arbeit beendete, hatte sie den Blumenstrauß längst vergessen.

*

Moritz wartete drei Tage voller Ungeduld auf einen Anruf von Leah. Aber nichts geschah. Ihm wurde klar, dass sie sich nicht bei ihm melden würde. Was sollte er tun? Er würde Leah abpassen müssen. Eine andere Möglichkeit sah er nicht. Er kannte ihre ungefähren Dienstzeiten aus der Zeit, als er noch mit ihr zusammen gewesen war. Diese grobe Einschätzung genügte.

Vor dem Restaurant »Berghöhe« befand sich neben dem dazugehörigen Biergarten ein Kinderspielplatz mit mehreren Sitzbänken. Hier nahm Moritz nachmittags Platz und behielt die Restauranttür und das Wohnhaus der Bernungs im Auge. Irgendwann musste Leah hier auftauchen. Am zweiten Tag dann schien ihm das Glück hold. Denn Leah trat aus dem Restaurant heraus, wohl um ins Wohnhaus zu gehen. Moritz sprang von der Bank auf und lief auf Leah zu. Sie schaute ihn erschrocken an. »Leah, bitte hör mir zu. Ich vermisse dich ...«

Leah sagte nur: »Verschwinde!«, drehte sich herum und ging auf das Wohnhaus zu. Moritz stürzte ihr hinterher, ergriff sie an einem Arm und riss sie zurück. Leah wäre beinahe gestürzt.

»Lass mich sofort in Ruhe, ich will mit dir nichts zu schaffen haben«, schrie sie. Sie riss sich los und stieß ihm beide Hände vor die Brust. Moritz stolperte, fing sich, machte zwei Schritte auf Leah zu und schlug ihr ins Gesicht. Erschreckt hielt er inne.

Da waren aber schon Leahs Vater und Bruder heran, die von Leahs Schrei angelockt worden waren und stellten sich drohend vor Moritz auf.

»Verschwinde hier«, sagte Leahs Vater. Er hielt die Daumen hinter seinen Hosenträgern, sein graues Haar hing ihm wirr in die Stirn. »Das wird ein Nachspiel haben.«

Moritz Kessel drehte sich herum und verließ den Schauplatz seines erneuten Scheiterns um ein Gespräch mit Leah.

*

Als die letzten Gäste das Restaurant verlassen hatten und die Abrechnungen gemacht waren, sagte Karl Bernung, Leahs Vater, zu Finn und Leah: »Wir setzen uns mal alle zusammen und besprechen, was wir mit Moritz Kessel unternehmen. Ich denke, die Angelegenheit sollte geklärt werden. Das war unmöglich, was er sich da heute geleistet hat. Das können wir ihm nicht durchgehen lassen. Wer weiß, was er sich sonst noch erlaubt. So kann er nicht mit Leah umspringen.«

Er rief seine Frau herbei, die in der Küche hantierte, dann saßen alle am Tisch vor dem Tresen. Leahs Vater begann wieder zu sprechen: »Mir ist die Sache mit Moritz Kessel den ganzen Nachmittag nicht aus dem Kopf gegangen. Das Verhalten, dass er da an den Tag gelegt hat, ist nicht hinzunehmen. Meiner Meinung nach sollte er angezeigt werden. Er hat Leah immerhin geschlagen und wiederum belästigt. Es ist zu erwarten, dass das wieder vorkommen wird. Und dem muss ein Riegel vorgeschoben werden. Deshalb denke ich, sollte Leah zur Polizei gehen und ihn wegen Stalkings anzeigen. Es ist ein Vergehen, dass streng geahndet wird. Und das zu Recht.«

»Meinst du wirklich, dass ich das tun sollte?« Leah sah ihren Vater unsicher an. »Aber selbstverständlich«, mischte sich Leahs Bruder Finn ein. »Mein Gott, Leah. Er hat dich geschlagen. Das allein reicht für eine Anzeige. Zeig ihn ruhig an. Er hat das verdient.« Er verschränkte die Arme vor der Brust.

»Was meinst du denn?« wandte sich Leah an ihre Mutter. Diese strich sich eine Strähne ihres dunkelblonden Haares aus der Stirn und sagte: »Ich bin der Meinung deines Vaters und deines Bruders. Du solltest diesen Kerl anzeigen, damit so etwas nicht wieder vorkommt. Das war nicht recht, was Moritz da getan hat. Er war ja nicht wiederzuerkennen.«

Leah wusste von der Enttäuschung ihrer Mutter über Moritz Kessel. Sie hatte Moritz gemocht und war damals sehr entsetzt gewesen, als sie erfuhr, dass er Leah mit einer anderen Frau betrog.

»Gut«, sagte Leah, »wenn Ihr alle der Meinung seid, ich solle Moritz anzeigen, dann will ich das tun. Ich hoffe, dass dann Ruhe ist und er mich nicht mehr belästigt.«

Leah stellte am nächsten Tag Anzeige wegen Stalkings bei der Polizeidienststelle. Als Zeugen benannte sie ihren Vater, ihren Bruder und auch Paul von Bodenhausen. War er doch Zeuge bei dem Vorfall im Lokal »Berghöhe« gewesen, wobei er sogar eingeschritten war und Leah verteidigte.

*

Der Baggersee war schön gelegen, dichtes Gebüsch umstand ihn. Es gab nur wenige Stellen, an denen man an das Ufer des

Sees herankam. Aber ein erfrischendes Bad für später war geplant. Paul und Leah spazierten einmal um den See herum. Die links des Weges gepflanzten hohen Eichen spendeten angenehmen Schatten. Es war Wochenende, Leah hatte den Vormittag frei, Paul holte sie zu Hause ab. Er wollte ihr diesen Ort unbedingt zeigen.

»Es ist schön hier«, sagte Leah. »Du hast mich mit dieser Einladung hierherzukommen selbstverständlich neugierig gemacht. Was ist das Besondere für dich an diesem Baggersee?«

»Es ist die Stille, die Ruhe, die herrscht. Vor einigen Jahren war hier noch sehr viel Getriebe. Aus allen umliegenden Orten kamen die Leute hierher, um zu baden. Es war übervoll. Irgendwann entschloss sich die Gemeinde, den See zuwachsen zu lassen. Der See wurde erstmal abgesperrt. Und nach und nach wuchs und wucherte das Gebüsch, die Plätze zum Baden verschwanden und immer mehr Ruhe kehrte ein. Wie du gesehen hast, gibt es nur wenige Stellen, an denen man noch an das Wasser herankann. Und mit mir und dem See hat es folgende Bewandtnis. Ich habe ein geliebtes Hobby, dem ich fröne. Ich schreibe Kurzgeschichten. Das heißt ich beteilige mich an Ausschreibungen von Verlagen, die Geschichten für Anthologien suchen. Die Informationen über die Ausschreibungen erhalte ich über das Internet. Es ist schon die eine oder andere Kurzgeschichte von mir in einem Buch erschienen. Mein Traum ist irgendwann einmal einen Roman zu veröffentlichen. Daher habe ich mich vor einiger Zeit an einem Schreibfernkurs angemeldet. Der Kurs nennt sich »Kreatives Schreiben«. Ich lerne wie man ein Buch schreibt. Man braucht da mehr als sich einfach hinzusetzen und drauflos zu schreiben. Ich kann den Kurs mit dem Studium gut verbinden. Der Kurs ist nicht so überfrachtet wie das Studium. Für die einzelnen Aufgaben hat man genug Zeit zur Verfügung.

Ja, und die Inspiration für meine Geschichten hole ich mir hier an diesem stillen Ort. Ich habe bisher noch niemandem davon erzählt. Du bist die Erste, die davon erfährt.«

»Das ehrt mich sehr. Ich weiß das zu schätzen. Ich werde niemandem etwas davon erzählen. Doch brauchst du dich nicht verstecken. Ich bin einfach sicher, dass du wundervolle Geschichten schreibst.«

Paul lächelte. »Es ist nett, dass du das sagst. Es wird aber noch einige Zeit brauchen, bis ich mich mit meinem Hobby meinen Freunden und Bekannten oute.«

Leah freute sich sehr, dass Paul ihr sein Geheimnis offenbarte. Er schien sehr viel Vertrauen zu ihr zu haben. Als sie den See fast umrundet hatten, kamen sie an eine Stelle, die sich zum Baden nahezu anbot. Ein kurzer Trampelpfad führte zum Seeufer hinunter, dort öffnete sich eine dicht mit Gras bewachsene Stelle, die von der Sonne beschienen wurde.

Ihre Badesachen hatten sie vorher angezogen, sie brauchten daher nur die Oberbekleidung abzulegen, um sich in den See gleiten zu lassen. Das Wasser war kühl, doch nach einigen Schwimmstößen, nahm es eine gefühlte angenehme Temperatur an. Nachdem sie einige Zeit geschwommen waren, kraulten sie zum Ufer zurück, legten sich auf die mitgebrachten Badetücher und ließen ihre Badesachen auf der Haut trocknen.

Keiner sagte ein Wort. Ihre Gedanken waren jeweils bei dem anderen. Nach einiger Zeit tastete Paul nach Leahs Hand und ergriff sie. Sie erwiderte fest seinen Griff. So blieben sie liegen.

Als die Sonne hoch am Firmament stand, sagte Paul: »Ich glaube, ich muss dich an die Arbeit fahren, es wird Zeit.«

Er beugte sich über Leah, näherte sein Gesicht dem ihren und gab ihr einen zärtlichen Kuss auf die Lippen. Leah erwiderte den Kuss, ihr wurde es warm um den Bauch, ein Schauer lief ihr über den Rücken. Noch nie hatte ein Kuss solch eine Reaktion hervorgerufen. Nach einer Weile lösten sich beide voneinander, erhoben sich und umarmten sich innig. Leah fragte leise: »Sind wir jetzt zusammen?«

Paul nickte.

*

Hubert, der Bedienstete, räumte Teller und Besteck und die letzten Reste vom Diner ab. Paul lehnte sich entspannt in seinem Stuhl zurück, als sein Vater ihn ansprach. »Ich müsste da mal was mit dir bereden. Du hast noch etwas Zeit? Lass uns in mein Arbeitszimmer gehen. Dort sind wir ungestört.«

Paul schaute erstaunt auf, nickte aber bestätigend seinem Vater zu. Der wandte sich an seine Gattin Amelie von Bodenhausen, die ihn gespannt ansah und sagte zu ihr: »Du entschuldigst uns, meine Liebe. Es wird nicht lange dauern, dann komme ich zu dir in den Salon.«

Im Arbeitszimmer setzte sich Pauls Vater an einen kleinen Besuchertisch, bat Paul Platz zu nehmen und fragte, ob er einen Drink wolle. Der Graf hatte eine kleine Bar in seinem Arbeitsraum. So konnte er etwaigen Geschäftskunden jederzeit etwas zu trinken anbieten.

Paul lehnte ab, der Graf sagte: »Du erlaubst«, ging zum Barschrank und schenkte sich einen Whisky ein. Dann setzte er sich hin.

»Lieber Paul«, hob er an, »ich habe eine ernste Sache mit dir zu besprechen. Wie du weißt, kann ich Midnight Shadow, unseren Hengst, nicht mehr zur Zucht verwenden. Geplant war einen neuen Zuchthengst zu erstehen. Das ist mir aber nicht möglich, da mir mittlerweile die entsprechenden Finanzen fehlen. Wie ich dir gestehen muss, habe ich an der Börse spekuliert, musste aber erhebliche finanzielle Einbußen hinnehmen. Es ist mir sehr peinlich dir das zu sagen, doch es hilft ja alles nichts. Tatsachen sind Tatsachen.

Um aus dieser finanziellen Schräglage herauszukommen, suche ich einen Teilhaber für das Gestüt, der mir hilft, aus diesem Schlamassel herauszukommen. Und wie es aussieht, scheine ich ihn gefunden zu haben. Es ist Richard Fürst von Felsberg, der bereit wäre mein Kompagnon zu werden. Jetzt aber kommt der Punkt bei dem du ins Spiel kommst. Es ist nämlich so, dass der Fürst eine heiratsfähige Tochter hat. Carlotta Prinzessin von Felsberg. Er möchte sie standesgemäß verheiraten. Kurz und gut. Der Fürst hat uns in zwei Wochen zu einem Privatbankett eingeladen, bei dem du die Prinzessin kennenlernen wirst. Der Fürst hofft, dass dir seine Tochter gefallen wird und du nicht abgeneigt sein wirst, sie zu ehelichen. Und ich hoffe das auch.«

Nach diesen Worten war Paul aufgesprungen und schaute seinen Vater entsetzt an. »Was sagst du da? Ich soll jemanden heiraten, den ich noch nicht einmal kenne?«

»Setz dich bitte wieder und beruhige dich«, sagte der Fürst und hob beschwichtigend die Arme. Paul nahm wieder Platz und schaute seinen Vater an, um zu hören, was dieser noch zu sagen hatte.

»Ich weiß«, sagte dieser, »das wir nie darüber gesprochen haben, doch ging ich immer davon aus, dass du eine Frau aus dem Adel heiraten wirst. Das war in unserer Familie von jeher so und ich dachte, dass dir das klar sei. Auch deine Mutter und ich haben uns so gut wie nicht gekannt, als wir geheiratet haben. Aber es war für uns klar: Adliges Blut gehört zu adligem Blut. Unsere Eltern arrangierten die Heirat und wir haben das akzeptiert. Aus Tradition und tiefer Verbundenheit mit der Familie. Und die Liebe entsteht mit der Zeit, so wie sie bei deiner Mutter und mir entstanden ist. Glaube mir das. Das hört sich sicherlich momentan schlimm für dich an, ist es aber nicht wirklich. Ich glaube und hoffe von dir, dass du an unserer Seite stehst und diese Ehe eingehen wirst. Lass dir einfach Zeit dich an den Gedanken zu gewöhnen. Das war es, was ich dir sagen wollte.«

»Aber Vater, das kannst du doch nicht ...«

Der Graf unterbrach Paul: »Glaube mir, Paul, wir sind in einer sehr prekären finanziellen Lage und der Fürst, einschließlich seiner Tochter, sind unsere einzige Rettung. Die Lage ist ernst und ich zähle auf dich. Wir werden das Gestüt und das Haus nicht behalten können. Es wird uns nichts bleiben, glaube mir. Die Hilfe des Fürsten ist nötig. Oder willst du in Armut leben?«

Paul schwieg. So hatte sein Vater noch nie mit ihm gesprochen. Die Lage musste wirklich ernst sein, sonst würde sein Vater nie so etwas von ihm verlangen. Darüber war Paul sich klar. Momentan konnte er keinen klaren Gedanken fassen. Er musste darüber nachdenken. Und das sagte er seinem Vater.

Der nickte und meinte: »Tu das. Lass dir Zeit. Ich hoffe, du kommst zu dem einzigen Ergebnis, das möglich ist.«

Als Paul auf sein Zimmer kam legte er sich auf sein Bett und versuchte seine Gedanken zu ordnen. Es fiel ihm schwer, sich vorzustellen, dass es um die Finanzen der Bodenhausens so schlecht bestellt sein sollte. Er hatte nie Mangel leiden müssen, hatte keinen Gedanken daran verschwendet. Er war im Luxus großgeworden und empfand das immer als selbstverständlich. Ein Leben in Armut konnte er sich in keiner Weise vorstellen.

Tja, die Rettung in Form von Prinzessin Carlotta war da. Die Rettung. Ein verrückter Gedanke.

Leah fiel ihm ein. Gerade hatte er die Frau kennengelernt, die er liebte. Daran gab es keine Zweifel. Und nun sollte ihm dieses Glück mit der geliebten Frau versagt bleiben? Gab es denn keine andere Lösung? Konnte er sich gegen die Entscheidung seiner Eltern stellen? Es würde zum Bruch mit seiner Familie kommen. Er wäre dafür verantwortlich, wenn sie alle ins Elend kämen. Bilder von der Versteigerung des Gestüts und vom Fuhrpark tauchten vor ihm auf. Bilder vom Umzug in irgendein Haus in der Stadt. Er versuchte, diese Gedanken abzuschütteln. Er fühlte sich hilflos und verlassen.

*

Der Wagen stoppte auf dem Parkplatz direkt gegenüber dem Eingang des Hotels. »Haus Wiese« stand in großen Leuchtlettern über der Tür.

Leah hatte den Zielort und das Hotel ausgesucht. Vor Jahren hatte sie mit ihren Eltern hier Urlaub gemacht und unbeschwerte Tage erlebt. Und genau hier wollte sie mit Paul ein verlängertes Wochenende verbringen. Sie schafften es tatsächlich, sich für drei Tage frei zu machen.

Kurz vor Mittag waren sie losgefahren und waren nun, es war fünfzehn Uhr, am Auersee, einem beschaulichen See in Nordrhein-Westfalen, angekommen. Auf der Fahrt schwelgte Leah in Urlaubserinnerungen. Paul war leider etwas einsilbig gewesen, sie hoffte, dass sich das legen würde, wenn sie erst am See angekommen waren. Seine Einsilbigkeit war mit Sicherheit durch die Konzentration auf das Fahren verursacht.

Sie stiegen beide aus dem BMW Roadster und betrachteten den See, an dessen Ufer das Hotel lag. Auf dass, was sie da schauten, war der Seepark Auersee. Mittelpunkt der Anlage war eine, einen Hang hinunterlaufende Treppe, die direkt vom Hotel an das Gewässer führte. Freie Sicht auf den See war gegeben. Zwischen zwei langen Wegen links und rechts der Treppe waren Rasenflächen von Wegverbindungen unterbrochen, an denen bequeme Holzbänke standen.

Leah und Paul holten ihre Rollkoffer aus dem Wagen und checkten im Hotel ein. Nachdem sie ihre Utensilien im Hotelzimmer untergebracht hatten, gingen sie am Seeufer spazieren. Die Luft war mild, dass gleichmäßige Anschlagen, der durch den Wind entstandenen Wellen, wirkte beruhigend. Leah und Paul hielten sich an den Händen und genossen die wohltuende Ruhe. Paul achtete sehr auf jeden Schritt von Leah, zeigte sich liebevoll fürsorglich. Zwischendurch blieben sie stehen, umarmten sich zärtlich, tauschten Küsse aus und sagten sich, dass sie sich liebten.

Nach dem ausgiebigen Spaziergang aßen sie im Hotel zu Abend. Leah bekam aber kaum einen Bissen herunter. Sie war von einer leichten Erregung erfasst. Sie würde ihre erste Nacht mit Paul verbringen. Paul, der auch eine gewisse Nervosität verspürte, versuchte das durch übertriebene Heiterkeit zu überspielen. Er erzählte Anekdoten, die er im Studium mit seinen Kommilitonen erlebt hatte.

Doch dann war es Zeit das Zimmer aufzusuchen. Bevor Paul die Zimmertür aufschloss, nahm er Leah in den Arm und sagte nur: »Ich liebe dich.«

»Ich dich auch«, hauchte Leah. Dann traten sie in den Raum.

*

Am nächsten Morgen erwachte Leah sehr früh. Pauls Atem ging ruhig und gleichmäßig, er schlief tief und fest. Leah schlüpfte vorsichtig unter der Bettdecke hervor, ging in das Bad, zog sich dort einen Bademantel an, öffnete die Balkontür und trat hinaus. Sie hatte freien Blick auf den See, die Sonne ging gerade auf und warf ihre ersten warmen Strahlen über das Wasser, das im Licht glitzerte.

Leah war wie verzaubert. Was für eine wundervolle Liebesnacht war das gewesen. Paul hatte sich als sehr zärtlicher Liebhaber entpuppt. Nie hätte sie gedacht, dass die erste Nacht mit ihm so schön sein würde. Sie setzte sich auf einen der Balkonstühle und ließ sich von den Sonnenstrahlen wärmen. Sie würde diesen Moment so lange nutzen bis Paul erwachte.

Als Paul erwacht und aufgestanden war, nahm er Leah als Erstes zärtlich in die Arme und gestand ihr sein Liebe. Was folgte, war nochmals pures Glück.

Nach dem ausgiebigen Frühstück machten sich die beiden Liebenden auf eine kleine Wanderung. Zirka zwei Wegstunden vom See entfernt befand sich die sogenannte Drobbelter Kapelle, eine Sehenswürdigkeit in dieser Gegend. Die Kapelle stand auf einer Anhöhe am Nordufer des Sees. Über sie war nichts weiter bekannt, außer das sie im 12. Jahrhundert das erste Mal urkundlich erwähnt worden war. Die Besonderheit im Innern der Kapelle waren die zwei Ringe aus insgesamt sechzehn Säulen, die die Decke des Raumes trugen.

Als Leah und Paul das Hotel verließen, herrschte reger Trubel ringsum. Sie hatten den ungewohnten Lärm schon vernommen, die Unmengen von Menschen gesehen, die den Seepark und die Straße beherrschten. Der Hotelier klärte sie auf, dass an diesem Tag der Auersee-Pokallauf stattfand, der am See regelmäßig durchgeführt wurde. Das störte das Paar jedoch nicht, da ihr Ziel fernab vom Gewässer lag. Mochten die Sportbegeisterten ruhig den See umrunden, sie würden ihnen nicht in die Quere kommen.

Die erste Etappe des Weges ging es bergauf, die auf sie herabscheinende Sonne tat ihr Übriges, um die beiden Wanderer in Schweiß geraten zu lassen. Sie legten kurze Pausen ein, wobei sie sich umarmten, zärtlich berührten und küssten. Nach dem ersten Abschnitt des Weges folgte ein ausgedehntes Waldstück und nach einiger Zeit sahen sie auf einer kleinen Erhebung die Kapelle vor sich liegen. Die Menschen, die den Ort für die Kapelle aussuchten, wählten ihn gut. Es herrschte eine beeindruckende Stille. Der Platz wurde von der Sonne beschienen, bot aber durch die umstehenden Bäume ausreichend Raum für Schatten, der die Kapelle mit einer wohltuenden Temperatur umgab. Im Innern der Kirche befand sich ein kleiner Altar, der sich in einer Aussparung des kreisförmigen Raumes befand. Zwischen den sechzehn Säulen, die die Decke stützten, war jeweils ein Fenster angebracht, sodass insgesamt acht Fenster für helles Licht im Raum sorgten.

Leah hatte sich angeregt mit Paul unterhalten, doch als sie die Kapelle betrat, verstummte sie. Die beeindruckende

Atmosphäre des Raums brachte Leah dazu, dass sie sich leicht vor dem Altar verneigte. Auch Paul schwieg. Die beiden jungen Leute setzten sich auf eine der in Reihen aufgestellten Bänke und nahmen sich bei den Händen. So blieben sie eine Weile sitzen, dann begaben sie sich wieder nach draußen. Neben dem Gebäude stand eine weitere Bank, mit Sicht auf den weit entfernten See. Hier nahmen Leah und Paul Platz und packten ihren mitgebrachten Proviant aus. Sie stärkten sich mit etwas Obst und löschten ihren Durst mit Mineralwasser. Nachdem sie die grandiose Aussicht noch etwas genossen hatten, machten sie sich auf den Rückweg.

*

Am nächsten Tag fuhren die beiden Verliebten in die dreißig Minuten entfernte Kleinstadt Moest, um dort ein bisschen zu bummeln.

Die zweite Liebesnacht mit Paul machte Leah überglücklich. Was ihr Glück etwas dämpfte, war die Tatsache, dass Paul einen niedergedrückten Eindruck hinterließ. Irgendetwas schien ihn zu beschäftigen, brannte ihm auf der Seele. Als sie ihn darauf ansprach, meinte er aber mit ihm sei alles in Ordnung.

Eine deutliche Lüge von Paul, denn es ging ihm schlecht. Er befand sich in einem schweren Konflikt. Die letzten beiden Nächte hatten ihn zwar alles was ihn bedrückte, vergessen und die Stunden mit Leah genießen lassen. Doch jetzt am Tag war alles um so schlimmer. Die Forderung seines Vaters stand ihm deutlich vor Augen: Die geplante Vermählung mit Carlotta Prinzessin von Felsberg.

Wie konnte er diesem Dilemma entrinnen? Er wusste keinen Ausweg. Aber letztendlich konnte er seine Eltern nicht im Stich lassen. Er wollte für ihren Ruin nicht verantwortlich sein. Es würde ihm nichts anderes übrig bleiben, er musste Leah aus seinem Herzen reißen und sie von sich stoßen. Auch wenn er sich selbst damit am meisten wehtat. Die Zeit würde diese Wunde sicher heilen.

Er entschloss sich Leah von den Plänen seines Vaters und dem geplanten Essen auf Schloss Felsberg zu erzählen, den Entschluss dem Wunsch seines Vaters zu folgen, würde er nicht erwähnen. Nachdem er das für sich entschied, ging es ihm etwas besser, obwohl er wusste, dass er nur einen faulen Kompromiss mit sich selbst geschlossen hatte.

Leah und er bummelten durch die Fußgängerzone des Städtchens, kehrten in einem Café ein. In einem Buchladen erstand Paul einen Schreibratgeber für angehende Autoren, über den er sehr erfreut war. Leah kaufte sich ein paar elegante Schuhe, die sogar im Angebot waren. Nachdem sie in der »Wilden Frau« einem im Fremdenführer angepriesenen Restaurant des Städtchens Mittag aßen, fuhren sie wieder an den See zurück, um nach einer kurzen Mittagspause noch einen Spaziergang dort zu machen. Paul war der Meinung, dass das eine gute Gelegenheit sei, mit Leah über das geplante Bankett bei den von Felsbergs zu reden.

Am Seeufer waren in größeren Abständen Holzbänke zum Verweilen aufgestellt. Nachdem Leah und Paul einige Zeit unterwegs waren, nahmen sie auf einer der Bänke Platz, um das beschauliche Seepanorama zu betrachten. Die Sonne schien, der See glitzerte im Licht, als seien Diamanten auf ihm verstreut. Es erschien Paul die richtige Gelegenheit, um Leah reinen Wein einzuschenken.

»Du, Leah«, begann er. »Ich muss dir da was erzählen. Was nicht so angenehm ist.« Er stockte, suchte nach Worten, die er nicht fand.

»Also hatte ich recht mit meiner Vermutung, dass dich etwas bedrückt. Dann raus damit. So schlimm kann es nicht sein.«

Paul atmete tief ein und aus. »Ich denke doch«, sagte er. Und er erzählte Leah von der gescheiterten Spekulation seines Vaters an der Börse, von der finanziellen Misere und von dem geplanten Bankett, bei dem er seine zukünftige Frau Carlotta von Felsberg kennenlernen solle. Es sei klar, dass er das nicht möchte, er könne aber nicht schuld am Ruin seiner Eltern sein und würde zu dem geplanten Bankett gehen. Dann würde man weitersehen.

Leah stockte der Atem, als sie das hörte. Sie wusste erst nicht, was sie sagen sollte, dann sprudelte es aus ihr heraus: »Was! Du willst zu diesem Bankett gehen? Du hast deinem Vater nicht gesagt, dass er an seinem Elend selbst schuld ist und das du jemanden gefunden hast den du liebst? Du hast ihm nicht gesagt, dass er sich seine Carlotta von Dingsbums an den Hut stecken kann?

Das heißt doch eigentlich, dass die Heirat mit dieser Adelstante schon beschlossene Sache ist. Was erzählst du mir, dass du das nicht willst, wenn du das deinem Vater nicht deutlich gesagt hast. Dir ist wohl klar, dass du gerade mit mir Schluss gemacht hast. Gerade nachdem du mich in dein Bett gebracht hast!«

Paul war verzweifelt. »Leah, so darfst du das nicht sehen. Ich will dich nicht verlieren.«

Leah lachte kurz auf. »Das hast du schon. Genau in diesem Moment. Ich gehe jetzt zurück ins Hotel, rufe meinen Bruder an, dass er mich abholen soll.«

Sie ließ Paul stehen. Trotz ihrer Enttäuschung und Verzweiflung hatte sie ihre nächsten Schritte deutlich vor Augen. Sie rief noch auf dem Weg ins Hotel ihren Bruder an. Dieser fuhr sofort los und kam gegen Abend im Hotel an. Leah wartete auf ihn mit gepacktem Koffer in der Hotellobby. Paul hatte sie nicht mehr gesehen.

*

Als Leah losmarschiert war, war Paul verdutzt stehengeblieben. Jetzt verschwand Leah einfach, ließ ihn hier stehen. Wollte mit ihm nichts mehr zu tun haben. Ja, aber was hatte er erwartet? Dass sie Verständnis zeigen würde für seine Situation? Das sie einfach Freunde bleiben würden? Er hatte sich vor dem Gespräch mit Leah überhaupt keine Gedanken darüber gemacht. Wahrscheinlich, weil es ihm absolut unangenehm war. Da wären bedrückende Gedanken hochgekommen. Er wollte jetzt nicht darüber nachdenken. Wütend trat er mit einem Fuß auf. Was für eine vertrackte verfahrene Situation.

Dann ging er den Weg weiter am Seeufer entlang. Er wollte nicht zurück ins Hotel. Er konnte Leah nicht begegnen.

*

Am nächsten Morgen war Leah wie gerädert. Sie hatte die ganze Nacht kein Auge zu bekommen. Wie hatte sie sich bloß so in Paul täuschen können? Sie dachte, er sei ein aufrechter, ehrlicher Mann mit Charakter und zeigte sich nun als elender Schwächling. Sie wollte nichts mehr mit ihm zu tun haben. Das Beste wäre, ihn so schnell wie möglich zu vergessen. Doch leichter gesagt als getan. Trotz ihrer Enttäuschung über ihn liebte sie ihn noch immer. Ja, nach einiger Überlegung brachte sie sogar ein gewisses Verständnis für ihn auf. Sicher wollte er seine Eltern nicht im Stich lassen. Aber das Dilemma der Familie war doch nicht Pauls Schuld. Da war allein der Vater für verantwortlich. Aber für Paul gab es wohl keinen anderen Weg, als seinem Vater zu gehorchen.

*

»Und dann hast du ihn einfach da am See stehen lassen? Hut ab, Leah, gut gemacht.«

Hannah ergriff eine von Leahs Händen und drückte sie fest. Die beiden jungen Frauen hatten sich kurzfristig in der Pizzeria »Paradiso« verabredet und Leah schüttete Hannah ihr Herz aus. »Und du hast ihn nicht mehr gesehen? Obwohl duin der Lobby des Hotels saßt?

»Ich habe nicht mitbekommen, dass Paul irgendwann im Hotel angekommen ist. Vielleicht war es, als ich gerade auf der Toilette war. Wer weiß? Vielleicht ist er aber erst spät abends ins Hotel zurückgekehrt? Mich hat Finn gegen sechs Uhr abgeholt.«

Hannah schüttelte den Kopf. »Ich sag dir mal eines. Sei froh, dass du den zeitig wieder losgeworden bist. Der war wirklich nichts für dich. Hat sich ja jetzt rausgestellt. Gehorcht den Wünschen seines Vaters und will eine andere Frau statt dir heiraten. Auf so jemanden kannst du pfeifen!«

Leah hob hilflos die Hände. »Naja, ein kleines bisschen kann ich Paul verstehen. Er ist in einer anderen Welt groß geworden. Vollgestopft mit Traditionen. Er ist so erzogen worden. Kann eben nicht aus seiner Haut ...«

»Hör mal«, entrüstete sich Hannah, »jetzt verteidige den nicht noch. Der Kerl hat dich einfach aufgegeben.«

»Aber wenn der Familie der Ruin droht ...«

»Bitte Leah, lass mal dein Verständnis. Gut, ich verstehe, wenn du den Typ noch liebst,dass du ein gewisses Verständnis zeigst. Deshalb bin ich ja da. Und ich sage dir, der war es nicht wert. Weine dem keine Träne nach.«

Sie stockte, hob einen Finger und sagte dann: »Oder sag mal. Meinst du der hat jetzt Schluss gemacht, weil er sein eigentliches Ziel, nämlich dich ins Bett zu kriegen, erreicht hat? Das er darauf aus war mit dir nur ein bisschen Sex zu haben?«

Leah schaute Hannah entsetzt an. »Jetzt hör aber auf. Das glaube ich auf keinen Fall. Ich glaube schon, dass Paul mich geliebt hat, ja, mich immer noch liebt. Er kann eben nicht über seinen Schatten springen. Aber Tatsache ist, so schwer es mir auch fällt, ich muss ihn vergessen.

Leider muss ich Paul noch einmal gegenübertreten. Die Gerichtsverhandlung wegen Moritz Kessel, zu der es noch kommen wird, zwingt mich nochmal Paul zu sehen. Er ist als Zeuge genannt und wird sicher eine Vorladung zu der Verhandlung bekommen. Der Termin zu der Verhandlung ist nämlich heute morgen mit der Post eingetrudelt. Mitte nächsten Monat ist es so weit. Dann steht das an. Da muss ich leider durch. Aber ich bekomme das hin. Aber nun Schluss mit dem Thema.

Wie sieht es denn bei dir aus? Läuft es bei dir und Jannik mittlerweile besser?«

Hannah lächelte. »Ja, du wirst lachen. Es läuft tatsächlich besser. Und zwar ist ein glücklicher Umstand eingetreten. Du kennst meine soziale Ader, dass ich anderen Menschen immer helfen will. Das Café Wetter ist verpachtet worden. Und zwar an den Sozialen-Hilfedienst-Marktburg. Der Hilfedienst betreut psychisch kranke junge Menschen. Und diese Leute arbeiten unter Anleitung von Fachleuten im Café. Der Besitzer backt weiter seine leckeren Torten, von der sozialen Einrichtung gibt es einen Geschäftsführer. Und die suchen weitere Fachkräfte im Service zur Anleitung ihrer Klienten. Da habe ich mich beworben, hatte ein Vorstellungsgespräch und sie haben mich genommen. Das ging alles innerhalb einer Woche über die Bühne. Und nächsten Monat fange ich dort an. Ich denke, dass ist genau das Richtige für mich. Und wenn sich dadurch das Verhältnis zu Jannik bessert, was will ich mehr. Jetzt wo er weiß, dass ich dort anfange, ist bei uns alles entspannter.«

Leah lächelte. Sie nahm Hannah in den Arm. Sie weinte.

*

Paul lehnte sich entspannt in seinem Stuhl zurück. Er widerstand der Versuchung seinen Gürtel ein Loch weiter zu machen. Das Dessert, ein Baked Alaska, hatte ihm den Rest gegeben. Dieses Dessert kannte er noch nicht. Es bestand aus einer Schicht Biskuit, gefolgt von einer Schicht Eiscreme, bedeckt mit Baiser.

War sehr lecker gewesen. Insgesamt gesehen kredenzte man ihnen, den Bodenhausens, ein köstliches Menü auf Schloss Felsberg. Als Vorspeise gab es Hummer-Bisque mit Trüffel-Croûtons, als Zwischengericht gebratene Jakobsmuscheln auf Blattspinat, gefolgt von Roastbeef mit Rotweinjus und Kartoffelgratin und glasierten Karotten. Und dann das Dessert.

Die Zu Bodenhausens hatten sich zu dem Bankett gegen Abend auf Schloss Felsberg eingefunden, waren dort von Richard Fürst von Felsberg, der Fürstin Nadia von Felsberg und Prinzessin Carlotta sehr freundlich begrüßt worden. Man fand sich zu einem Lillet Spritz zusammen und nach dem dieser ausgetrunken war, begab man sich zu Tisch. Paul war gegenüber Prinzessin Carlotta platziert worden, sodass sich die jungen Leute gut unterhalten konnten.

Paul war mit gemischten Gefühlen zu dem Bankett gefahren. Er hatte sich noch nicht endgültig entschieden die Forderung seines Vaters zu erfüllen. Er dachte zwar, dass ihm kaum etwas anderes übrig blieb, er wollte aber nicht von Leah lassen.

Und so entschloss er, sich die ganze »Sache« einmal anzuschauen. Die Fahrt zu Schloss Felsberg dauerte ungefähr zwanzig Minuten. Das Schloss thronte auf einer Anhöhe über dem Städtchen Kirchhausen. Sie hatten den großzügig angelegten Schlosspark mit dem prachtvollen Springbrunnen durchquert und waren am Eingang des Schlosses vom Vorsteher der Dienerschaft begrüßt und in den Speisesaal geführt worden.

Das Äußere von Prinzessin Carlotta fand Paul sehr ansprechend. Sie hatte brünettes Haar, dass ihr bis zu den Schultern ging. Auch ihre sportliche Figur und ihre braunen Augen gefielen ihm sehr. Sie trug ein dunkelblaues, festliches Kleid und ein mit Diamanten besetztes Diadem im Haar. Bei der Begrüßung lächelte sie Paul sehr freundlich an und sagte: »Ich bin sehr gespannt, dich kennenzulernen. Es hängt Einiges davon ab.« Damit war jedenfalls klar: Das duzen und das Gesagte machte deutlich, dass Carlotta in das geplante Heiratsarrangement eingeweiht war. So wie es aussah, schien sie aber keine Probleme damit zu haben. Naja, Paul konnte ihr schlecht einen Vorwurf machen. Einmal war das in ihren Kreisen so üblich und er selbst war auch hier und wusste, um was es ging.

Während des Essens erzählte er ihr von seinem Studium und das er vorhatte später einmal das Gestüt seines Vaters zu übernehmen. Sie hörte ihm interessiert zu, sie schien Gefallen an dem Gesagten und ihm zu finden.

Als er sie fragte, was sie für Pläne habe, gab sie bereitwillig Auskunft.

»Ich habe vor eineinhalb Jahren mein Abitur gemacht und komme gerade aus England, wo ich ein Jahr als au pair gearbeitet habe. Ich hatte überlegt zu studieren, ich dachte an Sozialpädagogik, aber kann mich nicht dazu entschließen. Eigentlich habe ich keine Lust irgendetwas zu studieren. Ich möchte lieber malen. Mit zwölf Jahren habe ich angefangen Aquarellbilder zu malen, bin später zu Acrylfarben übergegangen und habe probeweise in Öl gemalt. Das ist bisher natürlich alles sehr amateurhaft gewesen, doch das Malen macht mir großen Spaß. Ich möchte gern malen und zeichnen lernen. Ich glaube aber nicht, dass ich ein Kunststudium beginnen möchte. Ich scheue das Aufnahmeverfahren. Vielleicht nehmen die mich überhaupt nicht. Das würde mich zu sehr demotivieren. Ich denke aber, ich könnte mich an einer privaten Kunstschule unterrichten lassen, das Finanzielle ist glücklicherweise kein Problem. Wenn ich diesen Wunsch meinem Vater gegenüber äußere, wird er mir diesen sicher erfüllen. Also, so jedenfalls ist der momentane Stand meiner Wünsche.«

Ja, dachte Paul. So unbeschwert hatte er bisher auch sein Leben gelebt, bis nun sein Vater dieses Leben beendete. Paul war in einer gänzlich anderen Situation als Carlotta Prinzessin von Felsberg.

Der Abend verlief angenehmer als Paul sich das vorgestellt hatte. Carlotta besaß einen natürlichen Charme, ihre jugendliche Unbefangenheit gefiel ihm. Sie gefiel ihm tatsächlich. Wenn da Leah nicht gewesen wäre. Eine dunkle Wolke zog über sein Gemüt, als er an sie dachte. Was sollte er nur tun?

Für die Eltern der beiden jungen Leute jedenfalls war es ein gelungener Abend. Als der Abend endete, war für sie die Verlobung von Carlotta und Paul eine beschlossene Sache.

*

Paul und Carlotta hatten sich zum Tanzen in einer Tanzbar verabredet. Paul holte die Prinzessin mit seinem Wagen ab und kurz darauf waren sie in dem trendigen Tanzlokal angekommen. Paul hatte Leah nicht mehr gesehen. Er hatte sie angerufen, doch sie hatte ihm gesagt, dass sie getrennte Leute seien. Und hatte das Gespräch beendet. Die Trennung von ihr war von Paul noch nicht überwunden. Das war noch so frisch, war ja erst ein paar Tage her. Paul versuchte die Sache zu vergessen, deshalb die Verabredung mit Carlotta, er wollte sie schnell besser kennenlernen.

Carlotta war recht vergnügt und sie schaffte es, Paul mit ihrer guten Laune anzustecken. Nach einigen Tänzen nahmen sie an der Bar Platz. Carlotta trank einen Cocktail, Paul genehmigte sich alkoholfreies Weizenbier. Er musste ja noch fahren. Sie waren gerade angeregt in ihr Gespräch vertieft, als ein hellblonder junger Mann Paul auf die Schulter klopfte und sagte: »Hallo Paul, altes Haus. Wir haben uns ja ewig nicht gesehen.«

Paul drehte sich erstaunt um, schaute dem jungen Mann ins Gesicht und sagte dann: »Ja, ist es denn zu glauben. Philipp von Biesen. Wie kommst du denn hierher? Ich dachte, du wärst in Helmen und würdest dort Sprachwissenschaften studieren?«

Philipp lachte. »Weit gefehlt. Das war einmal. Ich habe das Sprachenstudium geschmissen. War doch nichts für mich. Ich studiere jetzt hier in Marktburg Wirtschaftsinformatik. Ich hatte schon vorgehabt dich zu Hause aufzusuchen, habe aber bisher noch nicht die Zeit dafür gefunden. Aber wenn ich fragen darf: Wer ist denn die junge Dame in deiner Begleitung?«

Philipp lächelte eindringlich.

»Ach ja, das ist meine Braut in spe Carlotta von Felsberg«, sagte Paul. Carlotta lächelte und reichte Philipp von Biesen die Hand, der sie nahm und einen Handkuss andeutete.

Carlotta ließ den jungen Mann von Anfang an nicht aus den Augen. Die Ausstrahlung dieses Mannes gefiel ihr sehr gut. Er war attraktiv, machte einen sympathischen Eindruck.

»Lasst uns an einen der Tische gehen. Ihr beide habt euch sicher einiges zu erzählen«, sagte Carlotta zu den jungen Männern. Philipp bestellte sich einen Drink, dann suchten sich die Drei einen freien Tisch und nahmen Platz. Philipp saß neben Carlotta. Ihre Nähe empfand er als sehr angenehm. Diese junge Frau gefiel ihm. Er war seit ungefähr zwei Jahren »unbeweibt«, wie er das nannte. Ihm war in dieser Zeit noch keine Frau über den Weg gelaufen, die ihm gefallen hätte. Und diese hier gefiel ihm außerordentlich. Leider war sie, wie er vernahm in festen Händen. Was er aber erstmal hintanstellte, da ihm bewusst war, dass diese Frau ihn dermaßen bezauberte, dass er sofort um ihre Hand angehalten hätte. Verrückt, aber so war es. Er merkte aber, dass er nicht so dasitzen konnte, um diese Frau anzuhimmeln, wie er es gerade tat. Er wurde seiner Gefühle nicht Herr. Deshalb zog er es vor, bevor er hier den Idioten machte, sich zu verabschieden. Er trank seinen Scotch aus. »War schön, dich getroffen zu haben, aber ich muss noch für eine morgige Klausur lernen und muss mich verabschieden«, sagte er zu Paul. Und an Carlotta gewandt: »Schön Sie kennengelernt zu haben.«

Paul gab Philipp die Hand. »Dann komm einfach mal die nächsten Tage bei uns vorbei. Du kennst ja unser Gestüt.«

Philipp von Biesen nickte und sagte zu Carlotta: »Dann hoffe ich, Sie auch dort anzutreffen.«

»Ich war noch nicht bei Paul zu Hause. Wir kennen uns noch nicht lange. Mich hat es jedenfalls gefreut, Sie kennenzulernen.«

Philipp verneigte sich und kämpfte sich durch die tanzenden Paare zum Ausgang hin.

»Ja, das war mein Freund Philipp. Wir haben uns vor Jahren auf einer Ferienfreizeit in Schweden kennengelernt. Unsere beiden Schulklassen waren in der gleichen Jugendherberge untergekommen. Ich war eines Abends in der Innenstadt von Stockholm mit einigen einheimischen Jugendlichen in Streit geraten. Philipp, der zufällig vorbeikam, sprang mir bei. So ist unsere Freundschaft entstanden.

Er lebt mit seinen Eltern und seiner Schwester in Helmen in Rheinland-Pfalz. Sie haben dort ein großes Stadtpalais.«

»Ich fand ihn nett«, sagte Carlotta, »wenn wir das nächste Mal ausgehen, kann er uns gern begleiten. Ich habe nichts dagegen.«

Paul sah sie erstaunt an, nickte dann aber.

*

Philipp von Biesen ging in seinem Appartement hin und her, strich sich ab und zu mit einer Hand über die Wange. Seine Wohnung befand sich im sogenannten »Affenfelsen«, einem markanten Gebäude in Marktburg, dass jeder Einwohner kannte. Ein turmartiges zwölfstöckiges Gebäude, das die

Stadt verunzierte. Die Appartements selbst waren großzügig geschnitten, ein Zuhause mit allem Komfort.

Nachdem Philipp eine Weile umhergegangen war, schaffte er es, sich endlich zu setzen. Er zog sein Smartphone aus der Tasche und scrollte durch seine Telefonliste. Die Nummer der Von Felsbergs hatte er eingespeichert. Erhatte sie sich aus dem Internet besorgt, als er beschlossen hatte, Carlotta von Felsberg zu kontaktieren. Sein Vorhaben fiel ihm jedoch nicht leicht. Immerhin war sie die Verlobte seines Freundes Paul. Also verbotenes Terrain für ihn. Doch er konnte nicht anders. Er musste diese junge Frau wiedersehen. Sie ging ihm nicht aus dem Kopf. Er drückte die Wahltaste und hörte das Geräusch, dass das Läuten des Telefons am anderen Ende anzeigte. Es dauerte nicht lange und eine männliche Stimme ließ sich vernehmen. »Hallo, hier bei Fürstin und Fürst von Felsberg. Was kann ich für Sie tun?«

Aha, ein Bediensteter war am Apparat. Gut, war mit zu rechnen gewesen. Philipp stand der Schweiß auf der Stirn. »Hallo, hier ist Philipp Baron von Biesen. Ich möchte gern Frau Carlotta von Felsberg sprechen. Sie kennt mich.«

»Kleinen Moment, ich verständige die Prinzessin.«

Philipp hörte, wie der Hörer aufgelegt wurde, dann vernahm er eine weibliche Stimme. Ihre Stimme.

»Hallo, hier ist Carlotta von Felsberg. Herr von Biesen, was möchten Sie bitte?«

Ihre Stimme klang aufgeregt. Ein gutes Zeichen.

»Liebe Carlotta, nehmen Sie es mir nicht übel, dass ich Sie belästige. Ich habe nur ein Anliegen. Ich möchte Sie gern auf einen Kaffee einladen. Denn ich möchte Sie gern wiedersehen. Am besten im Café Buchhofer. Und wenn möglich heute. In einer Stunde.«

Philipp wusste, dass er viel forderte. Aber wenn sie diese Einladung annahm, war sicher, dass auch sie ihn wiedersehen wollte.

»Lieber Philipp. Ich freue mich über ihren Anruf und nehme Ihre Einladung an. Wir sehen uns in einer Stunde im Café Buchhofer.«

Philipp hörte wie der Hörer aufgelegt wurde. Sein Herz machte einen Sprung. Sie würde kommen!

*

Als Carlotta Johann sagen hörte, wer am Telefon war und sie sprechen wolle, schlug ihr Herz heftig. Irgendwie hatte sie auf so etwas gehofft, wurde ihr jetzt klar. Gut, man würde sehen, was daraus entstand. Jedenfalls war ihr Philipp von Biesen, seit sie ihn kennenlernte, nicht mehr aus dem Sinn gegangen. Sie hatte mit ihren einundzwanzig Jahren noch nie einen festen Freund gehabt. Es gab nur ein paar mädchenhafte Schwärmereien. Als ihr Paul von Bodenhausen, mit dem Wissen, dass sie ihn heiraten sollte, vorgestellt worden war, gefiel er ihr. Sie konnte sich vorstellen, ihn zu lieben. Die Gefühle jedoch, die Philipp von Biesen in ihr hervorrief, kannte sie in dieser Stärke nicht. Das musste Liebe sein.

Sie suchte lange im Kleiderschrank nach der geeigneten Kleidung, entschied sich dann für ein lindgrünes Kleid, von dem sie wusste, dass es ihr gut stand. Dann machte sie sich auf den Weg nach Marktburg.

Als sie im Café Buchhofer, dem bekanntesten und am höchst frequentierten Café in Marktburg ankam, saß Philipp von Biesen schon an einem der Tische. Als er Carlotta sah, stand er auf, kam auf sie zu, begrüßte sie mit einem Handkuss und führte sie an den Tisch. Carlotta spürte ihr Herz schlagen, fühlte ihre weichen Knie und war froh, dass sie sich setzen konnte. Sie saß kaum, als eine junge Serviererin um ihre Bestellung bat. Carlotta bestellte nur einen Cappuccino, Kuchen wollte sie keinen, sie hätte keinen Bissen herunterbekommen.

Der Prinz sagte: »Ich freue mich sehr, dass Sie meine Einladung angenommen haben. Ich musste aber lange überlegen, ob ich bei Ihnen zu Hause anrufe, doch konnte ich nicht anders. Der Anruf fiel mir schwer, da Sie Pauls Verlobte sind.

Ich will ganz offen sein. Seit ich Sie gesehen habe, sind Sie mir nicht mehr aus dem Kopf gegangen. Und da Sie meine unverschämte Einladung angenommen haben, denke ich, dass es Ihnen ähnlich geht. Mir ist noch nie eine Frau begegnet, die solche Gefühle in mir geweckt hat. Gefühle, wie ich sie noch nie erlebt habe. Ich glaube, dass ich mich in sie verliebt habe. Und wenn Sie diese Liebe nicht erwidern können, so ist das schrecklich für mich, aber dann ist es so. Ich bin aber trotzdem glücklich diese Liebe erleben zu dürfen.«

Er schwieg und schaute Carlotta innig an. Carlottas Herzschlag hallte durch ihren Körper. Eine leichte Röte überzog ihr Gesicht. Dann sagte sie: »Ja, Philipp, ich habe deine Einladung angenommen, weil ich genau wie du fühle. Auch mir sind solche Gefühle noch nie untergekommen. Ich denke, ich habe mich ebenfalls in dich verliebt.«

Philipp beugte sich zu Carlotta hinüber und küsste sie zärtlich. Dann schauten sich beide an. Philipp sagte: »Und nun? Was machen wir mit Paul und deinen Eltern?«

Carlotta lächelte. »Ich glaube, das ist kein großes Problem. Wir werden Paul gestehen müssen, dass wir uns lieben. Er und ich kennen uns noch gar nicht richtig. Es wird ihm nicht schwerfallen, auf mich zu verzichten. Dann muss ich natürlich mit meinem Vater reden. Ihm geht es darum, dass ich standesgemäß heirate. Mit einer Beziehung zu dir besteht ja diese Möglichkeit. Ich hoffe, dass er damit zufrieden sein wird. Er möchte mit Sicherheit mein Glück.

Es gibt da zwar eine Absprache mit ihm und Graf von Bodenhausen, das mein Vater geschäftlich in dessen Gestüt einsteigen soll, aber das kann Vater trotzdem tun. Sicherlich wird er das alles erstmal nicht mit großer Begeisterung aufnehmen, doch er wird sich an den Gedanken gewöhnen. Ich bin seine Tochter. Er liebt mich über alles.«

*

Rechts von Leah war der erhöht stehende Richtertisch, an der der Richter mit seinen beiden Schöffen saß. Am Tisch gegenüber saß Moritz Kessel mit seinem Verteidiger. Neben Leah befand sich die Staatsanwältin Margot Brauer. Auf deren Schreibtisch war Leahs Anzeige gegen Moritz gelandet.

Die Vorladung zum Gerichtstermin war vor einiger Zeit eingetroffen, Leah sollte zur ihrer Anzeige eine Aussage vor Gericht machen. Sie hoffte, dass die Angelegenheit ohne große Komplikationen über die Bühne gehen würde. Was schon genug Belastung darstellte, war die Tatsache, dass in der ersten Zuhörerreihe - es war eine öffentliche Verhandlung - außer ihrem Vater und Bruder auch Paul von Bodenhausen als Zeuge saß. Wie er so dasaß, war zu sehen, dass es ihm unangenehm war, hier zu sein. Er machte keinen glücklichen Eindruck.

Moritz Kessel schaute Leah düster und vorwurfsvoll an. Dass er aber hier als Angeklagter saß, hatte er sich selbst vorzuwerfen. Er hätte Leah nur in Ruhe lassen müssen und sie nicht schlagen sollen.

Leahs Blick fiel auf ihren Bruder und auf ihren Vater. Ihr Vater nickte ihr aufmunternd zu und hob einen Daumen nach oben.

Der Richter, ein schlanker Mann mit ergrautem Haar eröffnete die Sitzung. Als Erstes kam die Staatsanwältin zu Wort, die die Anklage verlas und die Geschehnisse, die Moritz Kessel auf die Anklagebank gebracht hatten, schilderte. Da war einmal das Vorkommnis im Gasthaus »Berghöhe«, zu der auch Paul von Bodenhausen als Zeuge aussagen sollte und das Ereignis vor Leahs Elternhaus, bei dem sie von Moritz geschlagen worden war.

Leah wurde aufgerufen, um die Vorgeschichte vorzutragen, damit der Richter die Ereignisse richtig einzuschätzen wusste. Der Richter und die Schöffen, ein Mann und eine Frau, hörten interessiert zu.

Leahs Mund war trocken, als sie ihre Aussage begann. Doch als sie zu reden anfing, kam es ihr fließend von den Lippen. Sie schilderte, dass sie mit Moritz ein Jahr lang eine Beziehung geführt hätte, sie aber mit ihm Schluss gemacht habe, nachdem sie erfahren hatte, dass er sie mit einer anderen Frau betrog. Sie habe ihm klipp und klar gesagt, dass sie mit ihm nichts mehr zu tun haben wolle. Er habe sie dann aber immer wieder auf dem Smartphone angerufen, bis sie sich dann eine neue Handynummer besorgte. Dann war er im Restaurant »Berghöhe« erschienen, sie habe auf den Kontaktversuch so reagiert, dass sie sich seine Belästigung verbeten habe. Er sei aufdringlich geworden, glücklicherweise sei ihr ein Gast zu Hilfe gekommen. Dann war es später zu dem Ereignis vor ihrem Elternhaus gekommen, dass die Staatsanwältin schon erwähnte. Leah habe sich sehr bedroht gefühlt und ihre einzige Bitte sei, dass ein Kontaktverbot für Moritz Kessel ihr gegenüber ausgesprochen werde.

Der Richter und die Schöffen stellten keine weiteren Fragen zu dem Sachverhalt. Nun rechnete Leah mit gezielten Fragen von Moritz Kessels Verteidiger, doch erstaunlicherweise richtete er keine Fragen an Leah. Auch als danach Leahs Vater und ihr Bruder ihre Aussagen machten, befragte der Verteidiger sie nicht. Danach war Paul von Bodenhausen an der Reihe. In klaren Worten machte er seine Aussage, gewichtig dabei war, dass er mit Leah weder verwandt noch verschwägert war. Dass Paul kurz mit Leah liiert gewesen war, kam nicht zur Sprache. Hatte für den Sachverhalt keinen Belang. Der Verteidiger von Moritz stellte auch Paul von Bodenhausen keine Fragen.

Als Paul vor einiger Zeit die Vorladung ins Haus geflattert war, war ihm das unangenehm aufgestoßen. Er hatte zwar gewusst, dass Leah ihn als Zeugen nannte, hoffte aber trotzdem, dass er dem entgehen könne. Denn er wollte Leah nicht mehr wiedersehen. Das würde nur alte Wunden aufreißen und diesen Schmerz wollte er sich ersparen. Als er dann Leah im Gerichtsaal sah, fühlte er sich wie vom Blitz getroffen. Wie konnte er diese Frau nur von sich stoßen? Nur wegen der Familienehre. Er liebte diese Frau! Was war mit seinem Lebensglück? Er musste unbedingt mit seinem Vater reden. Dieser musste das Arrangement mit Fürst von Felsberg auflösen. Es musste sich ein anderer Weg finden. Denn ihm war klar geworden, dass er Leah liebte, wie sonst niemand auf der Welt. Wie konnte er nur so blind sein und glauben können, dass er sie vergessen würde?

Als er seine Aussage machte, musste er sich sehr darauf konzentrieren, das Ereignis im Restaurant »Berghöhe« genau wiederzugeben, so hatten ihn seine Gefühle übermannt. Als er wieder auf der Zeugenbank Platz nahm, stand für ihn fest, dass er mit seinem Vater reden und dann den Kontakt zu Leah suchen musste.

*

Die Staatsanwältin hielt sich im Plädoyer inhaltlich an die Geschehnisse. Sie forderte ein Kontaktverbot für Moritz Kessel.

Danach war der Verteidiger mit seiner Verteidigungsrede an der Reihe.

»Hohes Gericht, Sie werden sich gewundert haben, dass ich keinen der Zeugen ins Kreuzverhör genommen habe. Ich habe mit meinem Mandanten gesprochen und wir sind übereingekommen, dass es gegen die Anzeige von Frau Bernung nichts zu sagen gibt. Die Vorwürfe, die hier gegen meinen Mandanten erhoben worden sind, sind gerechtfertigt. Sie entsprechen der Wahrheit. Mein Mandant bedauert das zutiefst und möchte sich hierfür entschuldigen. Die Vorfälle geschahen nur deshalb, weil mein Mandant blind vor Liebe war und unbedingt nochmal mit der Klägerin reden wollte. Er hätte akzeptieren müssen, dass sie das nicht wollte. Er wird sie nicht mehr kontaktieren.«

Nach diesen Worten erhob sich Moritz Kessel, wandte sich an Leah und sagte: »Liebe Leah, mein Verhalten tut mir entsetzlich leid. Ich werde dich in Ruhe lassen und keinen Kontakt mehr zu dir aufnehmen.«

Wie es aussah, hoffte Moritz Kessel wohl, mit diesen Zugeständnissen ein milderes Urteil zu erhalten.

Er setzte sich. Das Gericht zog sich zur Beratung zurück.

*

Für Leah war es schmerzlich, mit Paul in einem Raum zu sein, zu sehen, wie er ihrem Blick auswich. Er wirkte wie das schlechte Gewissen schlechthin. Es würde dauern, bis sie ihn vergessen konnte, doch sie wollte nichts mehr mit ihm zu tun haben. Das stand fest.

Es dauerte nicht lange, bis der Richter und die Schöffen zurückkamen. Der Richter verkündete das Urteil: »Der Angeklagte Moritz Kessel wird dem Tatbestand des Stalkings für schuldig befunden. Deshalb ergeht folgendes Urteil: Es wird ein Kontaktverbot gegenüber Frau Leah Bernung ausgesprochen. Dieses Kontaktverbot beinhaltet keine direkten oder indirekten Kontakte. Das umfasst persönliche Treffen, Telefonanrufe, SMS, E-Mails, soziale Medien, jegliche Form der Kommunikation. Außerdem wird ein Annäherungsverbot in einem Radius von hundertfünzig Metern ausgesprochen. Wird es einen Verstoß gegen das Kontaktverbot geben, wird das zu rechtlichen Konsequenzen, wie einer Geldstrafe oder einem Freiheitsentzug führen.«

Es folgten noch weitere Erläuterungen des Richters zu dem Urteil, die Leah nicht mehr aufnahm. Falls Moritz angenommen hatte, dass sein Schuldeingeständnis zu einer milderen Strafe führen würde, hatte er sich getäuscht zu haben. Leah fand das Urteil hart, aber gerecht. Moritz würde es sich gut überlegen, nochmal Kontakt zu ihr aufzunehmen.

Nach den Erläuterungen des Richters war das Verfahren beendet.

Leah versuchte noch einen Blick auf Paul zu werfen, aber er war in der Menge der Gerichtszuschauer verschwunden.

*

Als das Abendessen beendet war, sagte Carlotta zu ihrem Vater, bevor der sich in die Bibliothek zurückziehen konnte, wie er das jeden Abend tat, dass sie ihn unbedingt sprechen müsse. Richard von Felsberg zeigte sich erstaunt, doch dann sagte er: »Dann komm mit mir in die Bibliothek, wie können dort gern einen Sherry zu uns nehmen.«

Er gab Johann, dem Bediensteten, Anweisung zwei Sherry in die Bibliothek zu bringen und er und Carlotta betraten den großzügig ausgestatteten Raum. Hohe, mit Glastüren versehene Schränke begrenzten das Zimmer. In den Schrankregalen befanden sich teilweise wertvolle antiquarische Bücher, aber auch moderne Unterhaltungsliteratur. Der Fürst hatte ein breites Interessengebiet, was man an seiner Buchsammlung erkennen konnte. Die antiquarischen Bücher standen geordnet, bei allen anderen Büchern gab es ein heilloses Durcheinander. Doch Carlottas Vater wusste jedes Buch auf Anhieb zu finden.

Vater und Tochter nahmen an einem kleinen Tischchen Platz, der von drei Sesseln mir hohen Lehnen umgeben war. Gleich darauf kam Johann und brachte den Sherry. Nachdem der Fürst einen Schluck genommen hatte, sagte er: »Was gibt es denn Wichtiges, was du mit mir besprechen möchtest?«

Carlotta atmete tief ein, begann dann zu reden: »Es geht um das Arrangement, dass du mit Graf von Bodenstein bezüglich meiner Hochzeit mit seinem Sohn beschlossen hast. Ich war kürzlich mit Paul von Bodenstein aus. Wir sind auf einen alten Freund von ihm gestoßen. Philipp von Biesen ...«

»Was! Von Biesen! Etwa aus Helmen in der Pfalz?«

»Ja, Paul hat erwähnt, dass Philipp aus Helmen stammt. Kennst du die Familie etwa?« Der Fürst nickte unwillig. »Ja, von früher. Aber das gehört erstmal nicht zur Sache. Was ist mit dem Arrangement? Was meinst du?«

Carlotta atmete tief ein und aus. »Nun, es ist so, ich habe mich in Philipp von Biesen verliebt. Er ebenfalls in mich. Wir müssen die geplante Hochzeit mit Paul von Bodenhausen abblasen. Ich werde ihn jetzt nicht lieben lernen müssen.«

Sie schaute ihren Vater erwartungsvoll an.

Der spuckte ihr seine Worte geradezu vor die Füße. »Das geht nicht. Du kannst keinen von Biesen lieben, mit ihm zusammen sein. Punkt.«

Carlotta schaute ihren Vater mit großen Augen an. »Was heißt das? Ich kann keinen von Biesen lieben. Erklär mir das.«

Es schien als müsse der Fürst einen schweren Kampf mit sich ausfechten. Dann sagte er zu seiner Tochter, der Tränen in den Augen standen: »Gut, ich muss dir da eine etwas längere Geschichte erzählen und hoffe, du wirst die Situation verstehen.

Wie du weißt, habe ich den größten Teil meiner Schulzeit im Internat verbracht. Seit der vierten Klasse bin ich in Windmoor, im hohen Norden, aufs Gymnasium gegangen. Dort habe ich mich mit einem Jungen aus meiner Klasse angefreundet. Leopold von Biesen. Der Sohn eines Barons, adlig wie ich. Wir waren gleichaltrig, hatten die gleichen Interessen: Lesen, Ornithologie, Sport. Es war gut, fern von zu Hause einen echten Freund zu haben. Wir lernten einige Zeit vor dem Abitur, also wir waren schon achtzehn Jahre alt, ein Mädchen aus dem Ort kennen. Ihrem Vater gehörte die einzige Diskothek in der Stadt, die Leopold und ich regelmäßig besuchten. Und dort lernten wie Julia kennen. Sie half des Öfteren beim Bedienen in der Disko aus und so kamen wir ins Gespräch. Diese Bekanntschaft entwickelte sich so, dass wir beide Jungs mit Julia mal Eis essen gingen oder sie zu einem Kinobesuch einluden. Und so kam es, wie es kommen musste. Wir verliebten uns beide in sie. Dann wirst du jetzt denken, dass das ein Riesenproblem für uns war, doch wir sahen das ganz pragmatisch. Julia musste sich für einen von uns beiden entscheiden, von uns beiden hing da nichts ab. Aber vielleicht liebte sie keinen von uns. Wir gestanden ihr also gemeinsam unsere Liebe. Sie war nicht überrascht, sie hat uns unsere Verliebtheit wahrscheinlich schon die ganze Zeit angemerkt. Es war nun so, dass Julias Symphatie mehr auf Leopolds Seite lag und sie waren ab diesem Zeitpunkt ein Paar. Für mich war das natürlich eine bittere Enttäuschung. Ich bekam nicht das geliebte Mädchen und außerdem verlor ich noch meinen besten Freund, denn die beiden Verliebten waren ab diesem Zeitpunkt so oft es ging zusammen. Ich konnte da nur stören. Ich hätte mich in ihrer Gegenwart auch nicht wohl gefühlt.

Ich hatte also so gut wie keinen Kontakt mehr zu Leopold. Dann kursierte im Internat plötzlich das Gerücht, dass die Tochter des Diskothekenbetreibers schwanger und ein Schüler der Schule der Vater sei. Mehr war erstmal nicht zu erfahren. Kaum hatte die Klatschgeschichte die Runde gemacht, suchte Leopold mich in meinem Zimmerauf, um mich zu sprechen. Wir gingen dann in die Kneipe im Ort, um ungestört reden zu können, da mein anwesender Zimmerkollege hätte mithören können.

»Hör zu«, sagte Leopold zu mir. »Ich bin in einer schrecklichen Lage. Du hast ja sicher gehört das die Buschtrommeln mitgeteilt haben, dass Julia schwanger ist. Es stimmt. Und ich bin der Vater. Wir mussten das natürlich unseren Eltern beichten. Ich alleine hätte nicht gewusst, was ich machen sollte. Ich kann kein Kind ernähren und großziehen. Ich bin selbst erst den Kinderschuhen entwachsen und Julia ebenfalls. Meine Eltern verlangen von Julia, dass sie das Kind abtreibt. Sie haben mit Julias Eltern darüber geredet. Denen passt es selbstverständlich auch nicht in den Kram, dass ihre Tochter schwanger ist. Zusätzlich hat ihnen mein Vater eine beträchtliche Summe angeboten, wenn sie mit einer Abtreibung einverstanden sind. Julias Eltern haben eingewilligt. Die Abtreibung soll im Ausland vorgenommen werden. Julia will das nicht. Sie will das Kind zu Welt bringen. Wegen Julia finde ich die Idee mit der Abtreibung schrecklich, doch ich bin unsicher, wie ich dazu stehen soll. Ich hatte nicht vor, in so jungen Jahren Vater zu werden. Julia hat mir den Vorschlag gemacht, dass wir beide einfach abhauen sollten, sie das Kind zur Welt bringt und wir uns ein Leben aufbauen. Aber wie soll das gehen? Julia und ich sind finanziell total abhängig von unseren Eltern. Wie soll ich denn Julia und das Kind durchbringen? Ich denke, wir müssen der Abtreibung zustimmen. Es ist bestimmt der beste Weg. Was meinst du denn?«

Ich fühlte mich mit dieser Frage überfordert, konnte Leopold nach einer Weile des Überlegens jedoch folgende Antwort geben: »Ich denke, wenn Julia das Kind haben will, sollte man ihr das zugestehen. Deine Eltern sind reich genug, um für den Unterhalt des Kindes und der Mutter aufzukommen. Das ist erstmal entscheidend. Und du musst Julia nicht zwangsläufig heiraten. Einzig die Garantie das es Mutter und Kind an nichts mangelt, ist ausschlaggebend. Das sie die Unterstützung bekommen, die sie benötigen.«

Leopold sah mich zweifelnd an und meinte dann, dass er nicht glauben würde, dass seine Eltern damit einverstanden sein würden. Damit endete unser Gespräch. Wir trennten uns und Leopold war so verängstigt und unsicher, wie er es vorher war.

Mich schmerzte das Gehörte sehr. Einmal hatte ich Julia verloren und nun war sie in diese Notlage gekommen. Ich dachte, dass ihr das mit mir nicht passiert wäre. Ich hätte auf jeden Fall zu ihr gestanden und wäre ihrem Wunsch gefolgt. Deshalb war ich von Leopolds Haltung sehr enttäuscht.

Und dann machte das nächste Gerücht die Runde. Nämlich das die Tochter des Diskobetreibers auf und davon sei. Die Schwangere habe ihr Elternhaus und den Ort verlassen und niemand wisse, wohin sie verschwunden sei. Es war tatsächlich so. Julia war weg.

Das war für mich die Bestätigung, das der Vorschlag das Kind abtreiben zu lassen, aufrecht erhalten worden war. Julia schien sich dem Geschehen nur durch Flucht entziehen zu können. Hieß auch, das Leopold Julia und sein Kind im Stich gelassen hatte. Und das war für mich der Punkt, dass ich und Leopold ab da geschiedene Leute waren. So ist es geblieben. Das ist der Grund, weshalb du keine Beziehung zu seinem Sohn aufnehmen wirst. Ich denke, dass du das verstehst!«

»Aber was hat denn Philipp mit dem damaligen Verhalten seines Vaters zu tun? Nichts, einfach nichts.« Carlotta schrie es fast. »Du kannst Philipp dafür nicht verantwortlich machen.«

Der Fürst blieb ruhig. »Das tue ich nicht. Ich stelle nur fest, dass es mit meiner Familie und der des Barons von Biesen keinerlei Kontakte geben wird. Und das hast du zu akzeptieren.« Die Miene des Fürsten war wie versteinert.

»Ich hätte nie gedacht, dass du so verblendet sein könntest«, schleuderte Carlotta ihrem Vater entgegen, drehte sich herum und verließ mit schnellen Schritten die Bibliothek. Sie ging in ihr Zimmer, suchte eine Reisetasche und ihren Rollkoffer heraus, packte beide mit Kleidung voll und brauste mit ihrem Mini One Pepper los und verließ Schloss und Anwesen.

*

Philipp von Biesen war erstaunt, als es klingelte. Er erwartete niemanden. Er drückte den Summer und hörte, wie der Fahrstuhl bestiegen wurde. Neugierig, wie er war, trat er auf den

Flur, um zu sehen, wer da aus dem Fahrstuhl kam. Er war sehr erstaunt, als er Carlotta erkannte, die eine Reisetasche in der Hand hielt und einen Rollkoffer hinter sich herziehend, auf ihn zukam.

»Carlotta«, sagte er verblüfft, »was machst du denn hier?«

»Was ich hier mache? Ich ziehe vorübergehend bei dir ein. Oder was glaubst du, weshalb ich mit meinen Koffern komme? Ich bin zu Hause ausgezogen. Mit einem so bornierten Menschen wie meinem Vater kann ich nicht unter einem Dach leben.«

»Bitte? Du bist ausgezogen? Das musst du mir erklären. Aber komm rein, setz dich und erzähle.« Nur ruhig Blut, dachte Philipp. Es wird sich alles klären.

Carlotta stellte Rollkoffer und Reisetasche im Flur ab, begab sich mit Philipp in das Wohnzimmer, wo beide in den dort stehenden Sesseln Platz nahmen. Carlotta erzählte von dem Gespräch mit ihrem Vater. Sie war sehr erregt, Philipp musste des Öfteren nachfragen, um den genauen Sachverhalt zu verstehen. Er hörte geduldig zu.

Je weiter Carlotta mit ihrer Erzählung kam, umso blasser wurde Philipp. Es bestürzte ihn, was er da von seinem Vater hören musste. Dieser hatte in jungen Jahren ein Mädchen, das schwanger von ihm war, im Stich gelassen? Unfassbar. Philipp konnte es kaum glauben. Aber warum sollte sich Fürst von Felsberg solch eine Geschichte ausdenken? Das Gesagte würde schon zutreffen.

»Ich glaube, ich muss mir erstmal etwas Härteres einschenken. Du willst sicher auch etwas«, sagte Philipp. Carlotta nickte. Philipp ging an den Barschrank und schenkte Carlotta und sich jeweils einen Scotch ein. Beide tranken einen Schluck und sahen sich eine Weile sprachlos an.

»Ich fasse es nicht«, sagte Philipp dann. »Nie hätte ich so etwas von meinem Vater gedacht. Ich muss selbstverständlich mit ihm darüber reden. Er muss mir das erklären. Ich habe eine Halbschwester oder einen Halbbruder und weiß nichts davon. Ich fahre morgen gleich zu meinen Eltern, ich muss so schnell wie möglich mit ihnen reden. Oh Gott, womöglich weiß Mutter nichts davon. Egal, die Sache bedarf der Klärung.

Du bleibst erstmal hier bei mir in der Wohnung, obwohl ich ehrlich gesagt nicht viel davon halte, dass du von zu Hause weggelaufen bist. Denn das ist es. Ein Weglaufen, kein Ausziehen. Ich verstehe es, aber es ist nicht die Lösung. Du bekommst von mir alle Unterstützung, die du benötigst, denn ich liebe dich. Wir werden das klären. Als Erstes muss ich aber mit meinem Vater sprechen. Das verstehst du sicher?«

Carlotta konnte daraufhin nur bestätigend nicken.

*

Bevor Philipp sich am nächsten Tag zur Fahrt nach Helmen zu seinen Eltern aufmachte, frühstückten Carlotta und er noch gemeinsam. Sie hatten trotz der angespannten Situation eine erste Liebesnacht verbracht. Carlotta war glücklich, sie erlebte diese Nacht als sehr erfüllend. Philipp schien es genauso zu gehen, denn er warf ihr unentwegt verliebte Blicke zu. Doch stand die Fahrt zu seinen Eltern im Vordergrund des Tages, und das war selbstverständlich auch Thema während des Frühstücks.

»Bist du denn sicher, dass du deine Eltern zu Hause antreffen wirst?«, fragte Carlotta.

»Mein Vater wird mit Sicherheit zu Hause sein. In seinen Firmen hat er seine Geschäftsführer, er nimmt nicht aktiv an den Geschäften teil. Kann sein, dass meine Mutter auf Einkaufstour ist oder sich die Haare machen lässt, aber wichtig ist in erster Linie mein Vater. Ich denke, es wäre sowieso gut erst mit ihm allein zu sprechen. Falls meine Mutter nämlich nichts von der Angelegenheit weiß, sollte mein Vater die Chance haben, sie selbst darüber aufzuklären.«

Carlotta nickte. Da gab sie Philipp recht. Auch ohne seine Mutter war die Sache prekär genug.

Philipp verabschiedete sich von Carlotta, bestieg seinen weißen BMW V177 und fuhr los. Die Fahrt verlief problemlos, es war glücklicherweise wenig Verkehr auf den Autobahnen. Nach zweieinhalb Stunden erreichte er sein Ziel, das Palais seiner Eltern in Helmen. Er fuhr in die großzügig ausgestattete Parkanlage und hielt direkt vor dem Schloss. Kaum hatte er seinen Wagen verlassen, kam ein Bediensteter herbei, um den Wagen in eine der Garagen zu fahren.

Als Philipp dann die Vorhalle betrat, kam ihm sein Vater entgegen. Erstaunt blickte er seinen Sohn an und sagte: »Hallo, was machst du denn hier? Du hast dich ja gar nicht angekündigt. Ist denn was passiert?«

»Hallo Vater. Direkt passiert ist nichts. Oder eigentlich doch. Ist Mutter da? Obwohl ich dich gern allein sprechen wollte.«

Der Fürst sah seinen Sohn mit hochgezogenen Brauen an. »Du machst mich neugierig. Deine Mutter trifft sich mit einer Freundin in der Innenstadt. Wir können also ungestört reden. Lass uns in mein Arbeitszimmer gehen.«

Sie nahmen im Privatbüro in einer Polstergarnitur Platz. Der Fürst hatte sich den Raum extra zum Lesen und für Gespräche eingerichtet. Er schaute seinem Sohn gespannt ins Gesicht. »Dann berichte mal, was du zu loswerden willst.«

Philipp erzählte, wie er Carlotta kennenlernte. Und über das Gespräch, dass sie mit ihrem Vater führte und was dieser ihr über ihn, Baron von Biesen, in Bezug auf das Mädchen Julia berichtete.

Als Philipp zu erzählen begann, war der Fürst immer mehr in seinem Sessel zusammengesunken. Er schloss die Lider, schien seinem Sohn nicht in die Augen sehen zu können. Als Philipp geendet hatte, richtete sich der Fürst auf und sagte: »Leider stimmt das alles, was Fürst von Felsberg seiner Tochter berichtet hat. Julia Windeck ist tatsächlich von mir schwanger geworden und verschwand damals aus dem Ort. Ja, ich habe mich ihr gegenüber schändlich verhalten, doch damals mit meinen mal gerade achtzehn Jahren, die Verantwortung für all das zu übernehmen, fühlte ich mich überfordert. Es sind dann sieben Jahre vergangen, ehe ich mich der Situation stellen konnte. Ich habe damals eine Detektei beauftragt nach Julia zu suchen. Sie konnten sie ausfindig machen. Sie ist damals als sie verschwand, in Hamburg untergetaucht, hat das Kind, einen Jungen, zur Welt gebracht und sich mit ihm mehr schlecht als recht durchs Leben gebracht. Als die Detektei sie ausfindig machte, habe ich sie aufgesucht und mich mit ihr ausgesprochen. Ich habe sie und unseren Sohn ab diesen Zeitpunkt finanziell unterstützt. Er hat eine gute Schule besuchen können, hat ein Studium als Maschinenbauingenieur abgeschlossen und arbeitet heute in der Wirtschaft, hat ein gutes Auskommen. Er ist jetzt dreiunddreißig Jahre alt. Dein älterer Halbbruder. Seine Mutter ist mit allem versorgt, ihr geht es gut. Ich habe durch die finanzielle Unterstützung versucht einiges wieder gutzumachen. Ich sah keinen anderen Weg. Julia und ich haben uns miteinander ausgesöhnt, sie wollte aber keinen Kontakt haben. Das hätte Wunden aufreißen und nicht heilen lassen.«

»Und was ist mit Mutter? Weiß sie darüber Bescheid oder hast du es ihr verheimlicht?«

Philipp schaute seinem Vater gespannt ins Gesicht.

»Deine Mutter weiß alles über diese Angelegenheit. Ich habe sie, bevor wir geheiratet haben, darin eingeweiht. Ich hätte die Ehe mit ihr nicht beginnen können, wenn ich ihr das verheimlicht hätte. Dir haben wir darüber nichts erzählt, weil wir dich nicht unnötig damit belasten wollten. Ich hoffe, du verzeihst uns das.«

»Naja, dass ich einen älteren Halbbruder habe, hätte ich schon gern gewusst. Ich hätte ihn gern kennengelernt. Aber das lässt sich nachholen.«

»Wie du willst«, sagte der Fürst. »Ich werde dir gern die Adresse deines Halbbruders geben und du kannst Kontakt zu ihm aufnehmen.«

Philipp nickte: »Das werde ich tun. Doch zuerst gibt es andere Probleme zu lösen. Ich möchte gern mit Carlotta zusammen sein, ja ich möchte sie heiraten. Aber Fürst von Felsberg sperrt sich total dagegen, wie ich dir gesagt habe. Ich denke, es ist wichtig, dass er erfährt, wie die Angelegenheit mit Julia Windeck und ihrem Kind ausgegangen ist. Wenn er erfährt, dass du sie unterstützt hast, kann er dir vielleicht verzeihen. Er wird dann einer Heirat seiner Tochter mit einem Mitglied deiner Familie vielleicht nicht mehr im Wege stehen. Das ist im Moment das Wichtigste. Ich hatte vor mit dem Fürsten zu reden. Ich könnte ihm alles berichten. Das ist meiner Meinung nach der beste Weg, um die Situation zu klären. Was meinst du?«

Der Fürst nickte bedächtig. »Ich habe gerade überlegt, ob ich nicht den Kontakt zu Richard von Felsberg aufnehmen sollte, doch das wäre verfrüht. Ich würde mit Sicherheit auf spontane Ablehnung stoßen. Ja, mach das, rede mit Richard. Wenn er Verständnis zeigt, werde ich Kontakt zu ihm aufnehmen, vielleicht kann er seine Abneigung mir gegenüber ablegen. Wollen wir einfach das Beste hoffen.

Philipp und sein Vater erhoben sich. Philipp umarmte ihn und sagte: »Ich danke dir Vater, dass du so offen mit mir geredet hast. Ich bedaure zwar, dass du mir nicht vorher hast darüber berichten können, aber ich kann dich verstehen. Es ist nicht leicht, solche Fehler zuzugeben.«

*

Philipp blieb bis nach dem Mittagessen, so konnte er noch seine Mutter begrüßen, die frühnachmittags nach Hause kam. Sie freute sich, dass ihr Sohn eine junge Frau kennengelernt hatte, die er liebte. Was eine Aussöhnung mit Fürst von Felsberg betraf, sah sie keine Probleme auf die Familie zukommen. Auch Philipps Vater bestätigte nun, dass er erfreut über die Bekanntschaft seines Sohnes mit Carlotta von Felsberg sei. Gänzlich mit den Gedanken der Vergangenheit verhaftet, hatte er das außer Acht gelassen. Erfreut über die Bejahung seiner Eltern zu der Beziehung zu Carlotta machte sich Philipp erfreut auf die Fahrt zurück nach Marktburg. Hier kam er gegen Abend an und berichtete Carlotta über die neuen Erkenntnisse. Nachdem Carlotta erfuhr, dass Leopold von Biesen Julia Windeck unterstützt hatte, hoffte sie nun sehr auf Vergebung von Seiten ihres Vaters. Über eine Zustimmung des Fürsten zu ihrer Beziehung zu Philipp würde sie selbstverständlich überglücklich sein. Philipp entschloss sich, den Fürsten noch am gleichen Abend anzurufen, um ein Treffen mit ihm auszumachen. Das Telefonat war von Erfolg gekrönt. Philipp schaffte es, das Interesse des Fürsten an dem geplanten Gespräch, zu wecken. Der entsprechende Hinweis, der das bewerkstelligte, war natürlich Julia Windecks Name. Der Fürst wollte Philipp am nächsten Tag in seinem Schloss begrüßen.

*

Am nächsten Nachmittag saßen Philipp von Biesen und Richard von Felsberg im Arbeitszimmer des Fürsten zusammen. Vor jedem stand ein Sherry, Philipp nippte kurz an seinem, um dann dem Fürsten zu berichten, was er von Leopold von Biesen erfahren hatte. Anfangs des Berichts wirkte der Fürst sehr angespannt, je mehr Positives Philipp jedoch erzählte, desto entspannter wurde er. Als Philipp zu Ende war, sagte der Fürst: »Ich freue mich, zu hören, dass Ihr Vater, Julia Windeck, ausfindig hat machen lassen und sie und ihren Sohn unterstützt hat. Damit hat er sein Fehlverhalten gegenüber Julia wieder gutgemacht, kann man sagen. Das lässt mich Leopold wieder mit anderen Augen sehen. Er ist also doch ein Mann von Ehre, so wie ich ihn kennengelernt habe. Sie müssen mir seine Telefonnummer geben, ich muss ihn unbedingt anrufen. Ich möchte ihn gern sprechen.

Dann müssten wie noch über den anderen Punkt reden. Meine Tochter hat mir berichtet, dass sie sich in Sie verliebt hat. Wie Sie mir sagten, ist sie in Ihrer Wohnung. Sie können ihr sagen, sie darf gern wieder nach Hause kommen. Ihr Vater sei einsichtig geworden. Denn so wie sich die Sache momentan darstellt, kann ich Ihrem Vater verzeihen, es steht somit einer Verbindung unserer beider Familien, sofern es dazu kommen sollte, nichts im Wege. Mein Wunsch ist jedenfalls, dass meine Tochter standesgemäß heiratet, das ist bei einer Verbindung zu Ihnen ja gegeben. Da ich davon ausgehe, dass Sie ernste Absichten haben, was meine Tochter betrifft, werde ich die Hochzeit von Paul von Bodenhausen und Carlotta absagen. Das wird zwar einiges Gerede in unseren Gesellschaftskreisen geben, doch ist das nicht zu ändern. Die geschäftliche Seite der Angelegenheit werde ich mit dem Graf von Bodenhausen klären müssen.«

Philipp nickte aufgeregt. »Natürlich habe ich ernste Absichten, was Carlotta betrifft. Ich liebe sie und möchte sie gern zur Frau nehmen. Ich bitte Sie hiermit um die Hand Ihrer Tochter.« Philipp sah den Fürsten flehend an.

Dieser lächelte und sagte: »Haben Sie denn meine Tochter schon gefragt, ob sie Sie heiraten möchte?«

Philipp stutzte. Verlegen meinte er: »Nein, das ist in der ganzen Aufregung noch nicht geschehen.«

»Na, sehen Sie«, sagte der Fürst, »dann tun Sie das als Erstes und ich habe nichts dagegen, wenn Sie meine Tochter zur Frau nehmen möchten. Ich denke nicht, dass meine Frau etwas dagegen hat. Auch ihr war es in erster Linie wichtig, dass unsere Tochter standesgemäß heiratet.«

*

Als Philipp von Biesen den Fürsten verlassen hatte, suchte dieser seine Frau auf, um die neue Situation mit ihr zu erörtern. Er fand sie im Salon, wo sie sich gerade eine Patience legte. Der Fürst setzte sich zu ihr und klärte sie über das Gespräch, dass er mit Philipp von Biesen führte, auf.

Nach diesen neuen Eröffnungen schwieg die Fürstin einen Moment, dann sagte sie: »Ich freue mich tatsächlich, dass Carlotta einen Mann gefunden hat, den sie liebt. Das ist tatsächlich besser als eine arrangierte Heirat, wie wir sie geplant hatten. Und ehrlich gesagt, würde uns ein Enkel aus einer Liebesheirat gut anstehen. Denn das ist das, was ich schon länger möchte: Enkel. Ich habe dir diesen Wunsch bisher verschwiegen, da ich davon ausgehe, dass du dich zu jung für Enkel fühlst. Du willst, denke ich, noch kein Großvater werden. Oder täusche ich mich? Klär mich auf.«

Der Fürst lächelte, schaute seine Frau liebevoll an und meinte dann: »Gut, ich muss sagen, dass ich mir noch nicht sehr viele Gedanken um Enkel gemacht habe. Aber wir werden nicht jünger und ich möchte noch sehen, dass Carlotta Kinder bekommt und wie diese aufwachsen. Also ich habe nicht wirklich etwas gegen Enkel. Da brauchst du keine Bedenken zu haben. Sollte uns demnächst ein Enkel ins Haus stehen, werde ich das freudig begrüßen. Aber wie kommst du jetzt gerade auf dieses Thema?«

Die Fürstin lächelte und sagte: »Ich denke, die romantische Vorstellung der Liebesheirat unserer Tochter hat mir diesen Gedanken eingegeben. Verzeih einer törichten Frau.«

Ihre Züge wurden dann aber wieder ernster als sie fortfuhr: »Da nun die Hochzeit von Carlotta mit Paul von Bodenhausen passé ist, stellt sich die Frage, wie der Graf darauf reagieren wird. Er wird über eine solche Nachricht nicht gerade erfreut sein. Glaubst du denn, er wird uns Schwierigkeiten machen? Du hast ihm dein Wort gegeben. Er könnte darauf bestehen. Und wenn du dein Wort nicht hältst, könnte das unserem guten Ruf in der Gesellschaft schaden. Das möchte ich auf keinen Fall und du sicher auch nicht.«

Der Fürst schüttelte den Kopf. »Ich glaube, das es Ludwig Graf von Bodenhausen in erster Linie darum geht, dass ich Teilhaber an seinem Gestüt werde. Die Heirat mit Carlotta und seinem Sohn war sein Angebot an mich, da er wusste, dass ich einen standesgemäßen Mann für meine Tochter suche. Ich glaube nicht, dass von Bodenhausen uns ernstliche Probleme bereiten wird. Denn ich werde das Angebot sein Geschäftspartner zu werden aufrecht erhaten. lUnd da das sein größtes Ziel ist, wird er mir keine Vorhaltungen wegen der geplatzten Hochzeit machen. Er wird die geschäftliche Abmachung nicht gefährden wollen.«

Die Fürstin ließ die Worte auf sich wirken und nickte dann zustimmend. »Du wirst recht haben. Er wird froh sein, dass er sozusagen mit einem blauen Auge davongekommen ist.« Sie lachte.

Als Philipp Carlotta später über das Gespräch mit ihrem Vater berichtete, löste er selbstverständlich große Freude aus. Abschließend sagte er: »Ich habe übrigens deinen Vater um deine Hand gebeten. Er hat mich aber darauf aufmerksam gemacht, dass ich erst dich fragen müsse. Das stimmt. Also Carlotta«, Philipp sank auf die Knie. Willst du meine Frau werden?«

»Natürlich, mein Liebster«, sagte Carlotta, half ihm auf und beide küssten sich innig.

*

Als Paul abends nach der Gerichtsverhandlung auf seinem Zimmer war, fand er keine Ruhe. Erst versuchte er, an einer Kurzgeschichte weiterzuschreiben, die er für die Ausschreibung eines Verlags angefangen hatte. In der Anthologie, die der Verlag veröffentlichen wollte, sollte es um Geschichten gehen, die in der Vergangenheit spielten. Zeitreisen, die ein junges Paar durchführte. Das Thema der Zeitreise lag Paul in keiner Weise, er siedelte aber seine Geschichte im Mittelalter an, eine Epoche, die ihn interessierte. Und da machte es ihm Spaß für die Geschichte zu recherchieren und sie zu schreiben. Es gelang ihm sonst sehr schnell, wenn er am Schreiben war, in das Thema der Geschichte zu versinken, kam also schnell in den Schreibflow, aber heute gelang ihm dies nicht. Zu sehr bewegten sich seine Gedanken um Leah und um seine Erkenntnis, wie sehr er sie liebte. Dann schaltete er den Fernseher ein, um eine Serie bei einem der Streaming-Dienste zu schauen, aber auch darauf konnte er sich nicht konzentrieren. Er ging dann zu Bett, bedeutend früher als er es sonst tat, doch hoffte er, sich in den Schlaf flüchten zu können. Er wälzte sich von einer Seite auf die andere. Erst als er entschied, am nächsten Tag mit seinen Eltern zu reden, kam er zur Ruhe. Er musste ihnen klarmachen, dass er Carlotta von Felsberg nicht heiraten, sondern Leah Bernung um ihre Hand bitten würde. Nachdem diese Entscheidung feststand, fiel er in einen tiefen, traumlosen Schlaf.

Als er am nächsten Morgen mit seinen Eltern an der Frühstückstafel saß, zögerte er nicht lange und sagte: »Ich muss unbedingt mit euch reden. Was ich euch zu sagen habe, wird euch zwar nicht gefallen, aber es muss sein. Ich war vorgestern bei der Gerichtsverhandlung von Moritz Kessel, der Mann, der Leah Bernung bedroht hat, als Zeuge geladen. Da habe ich natürlich Leah wiedergesehen. Was unabänderlich war. Als ich sie sah, musste ich erkennen, dass ich sie immer noch liebe. Und es ist keine Liebelei, sondern echte, tiefe Liebe. Das heißt für mich, unabhängig, ob du, Vater, mit Fürst von Felsberg die Vereinbarung getroffen hast, dass ich seine Tochter ehelichen soll, Leah um ihre Hand bitten werde. Die abgemachte Vermählung wirst du bei Fürst von Felsberg absagen müssen. Ich werde seine Tochter nicht heiraten. Wenn er daraufhin nicht mehr Teilhaber an deinem Gestüt werden will, dann ist das so. Es muss dann ein anderer Weg gefunden werden, damit unsere Familie aus der finanziellen Schieflage herauskommt. Ich werde nicht mein Liebesglück dafür opfern.«

Graf und Gräfin waren im ersten Moment wie erstarrt. Dann schlug Graf von Bodenhausen auf den Tisch. Der Diener Hubert, der gerade mit einer frischen Kanne Kaffee den Raum betrat, drehte sich wortlos herum und verschwand.

»Bist du verrückt geworden?« Der Graf schrie es fast. »Wie kannst du uns sowas nur antun wollen? Du ruinierst uns damit. Dir ist wohl nicht klar, in was für einer ernsten finanziellen Situation wir uns befinden?«

Paul sah seinem Vater gerade in die Augen und sagte: »Das mag wohl sein. Aber ich habe uns nicht in diese Situation gebracht. Und es war nicht recht von dir, mich in deine Angelegenheiten hineinzuziehen, wie du es getan hast. Was weiß ich, rede mit Banken, mit anderen Geschäftsfreunden wie von Felsberg, was auch immer. Es muss einen anderen Weg aus dieser Misere geben, als die deinen Sohn als »Heiratsobjekt« zu verschachern.«

Damit stand Paul auf und verließ den Raum.

Der Graf und die Gräfin schauten sich sprachlos an. Dann jedoch sagte der Graf: »Das schlägt ja dem Fass den Boden aus. Hat man so etwas schon gehört? Verschachert hat er gesagt. Verschachert! Mein eigener Sohn.«

Die Gräfin von Bodenhausen schüttelte den Kopf. »Naja, ganz unrecht hat er nicht. Das mit der Heirat war mehr oder weniger ein Geschäft. Mehr nicht. Aber das wussten wir beide. Die Frage ist jetzt: Wie stehen wir nun da? Wenn Paul Carlotta von Felsberg nicht heiratet, wird es eventuell mit der Teilhabe ihres Vaters an unserem Gestüt nichts und wir können einpacken.«

Der Graf schaute seine Frau ratlos an. »Eventuell? Wenn ich Fürst von Felsberg richtig verstanden habe, wird er ohne die Heirat seiner Tochter mit Paul nicht mein Teilhaber. Mein

Gott, ich muss das dem Fürsten mitteilen. Oder sollten wir nochmal mit Paul reden?«

»Paul nochmal beknien? Das kannst du vergessen. Er war mehr als deutlich. Ehrlich gesagt ...« Sie zögerte, so als ob sie unsicher sei, ob sie den Satz vollenden sollte. »Also, um ehrlich zu sein, bin ich stolz auf Pauls Haltung. Er hat sich und seine Wünsche klar vertreten. So wie man es von Leuten unseres Standes erwarten kann. Er hat gesprochen, wie ein Mann von Ehre.« Sie nickte bekräftigend.

»Wenn er ein Mann von Ehre wäre, hätte er unser Ansinnen unterstützt«, sagte der Fürst. »Er kann uns doch nicht im Stich lassen.«

Die Gräfin sah ihren Mann vorwurfsvoll an. »Nein mein Lieber. Mittlerweile bin ich auf Pauls Seite. Sein Handeln hat mich meine Meinung ändern lassen. Wir haben es nicht nötig als Bittsteller aufzutreten. Du hast uns mit deinen Spekulationen an den Rand des Ruins gebracht. Sei auch du ein Mann von Ehre und stehe dazu. Dann kommt unser Besitz eben unter den Hammer, wenn wir niemanden finden, der uns aus der Misere hilft. Unsere Ehre kann man uns trotzdem nicht nehmen. Irgendwann wird es vielleicht wieder aufwärtsgehen. Wir dürfen die Hoffnung nicht aufgeben. Und wer weiß? Du musst als Nächstes den Fürsten über die neue Situation aufklären. Vielleicht wird er ja trotzdem dein Teilhaber. Fragen kostet nichts.«

Der Graf schaute seine Frau zweifelnd an.

*

Nachdem Paul seine Eltern verlassen hatte, zögerte er nicht lange. Er hatte vor Leah aufsuchen, sie um Verzeihung zu bitten und um ihre Hand anzuhalten. Er fuhr in die Innenstadt zum nächsten Blumenladen und kaufte einen großen Strauß rote Rosen. Dann fuhr er nach Möneberg, um Leah zu treffen. Als er dort ankam, fiel ihm ein, dass das Lokal noch geschlossen war. Man öffnete in einer Stunde. Um Leah im angrenzenden Wohnhaus zu besuchen, fehlte ihm die Courage, er empfand das als zu dreist. Möneberg lag auf einem erloschenen Vulkan. Den Hügel umrundete ein ausgewiesener Wanderweg. Diesen würde er abgehen, wenn er den Weg beendet hätte, wäre es Zeit ins Lokal »Berghöhe« zu gehen. Er verstaute die Blumen in seinem Wagen und machte sich auf den Weg. Er spürte, wie seine Begeisterung um Leahs Hand anzuhalten etwas abkühlte. War er denn jetzt der richtige Mann für Leah? Was konnte er ihr denn nun bieten? Wenn sein Vater Konkurs anmelden musste, würde die finanzielle Unterstützung, die er momentan erhielt, wegfallen. Er wäre dann ein mitteloser Student ohne Einkommen. Und weiterstudieren musste er. Sonst stände er ohne irgendeine Ausbildung da. Er müsste sich eine Arbeit suchen, um seinen Lebensunterhalt und sein Studium finanzieren zu können. Ja, er könnte arbeiten und zusätzlich noch Ausbildungsförderung beantragen. Leah besaß ein Einkommen. So würden sie gemeinsam über die Runden kommen und er könnte sein Studium beenden. Das ginge natürlich nur, wenn Leah bereit wäre, solch ein Leben mit ihm zu führen. Als er diesen Gedankengang abschloss, wurde ihm wieder etwas leichter ums Herz. Sein Optimismus kehrte zurück.

Nachdem er den Rundgang beendet hatte, langte er wieder am Gasthof an, dessen Pforten nun offenstanden. Vor der Gaststätte war ein Garten mit einer Terrasse, die mit Tischen und Stühlen bestückt war. Es war wunderbares Wetter, die Sonne schien, es wehte ein lauer Wind, die Tische waren zumeist mit Gästen besetzt. Paul ging zu seinem Wagen, holte den Rosenstrauß heraus und betrat die Terrasse. Gerade als er in die Gaststube treten wollte, kam Leah aus der Eingangstür heraus. Als sie Paul sah, stockte sie. Dann versuchte sie, an ihm vorbeizukommen. Paul hatte sich jedoch so vor ihr aufgebaut, dass sie nur schwer an ihm vorbeikonnte. Paul sagte: »Leah, bitte, ich muss mit dir reden.«

Leah sagte in spitzem Ton: »Ich wüsste nicht, was wir miteinander zu bereden hätten. Bitte lass mich.«

Paul blieb stehen und erwiderte: »Ich habe mit meinen Eltern geredet und habe die Heirat mit Carlotta von Felsberg verweigert. Denn ich liebe dich und will dich heiraten.«

Er hielt ihr den Blumenstrauß entgegen, aber Leah schlug die Blumen zur Seite, sodass sie auf den Boden fielen.

»Deine Einsicht kommt leider zu spät. Du hättest von Anfang an zu mir stehen müssen, dann hätte ein Paar aus uns werden können. So aber ... verschwinde einfach aus meinem Leben. Ich will dich nie wieder sehen.«

Sie stieß ihn mit aller Kraft, die ihr zur Verfügung stand zur Seite und ging zum nächsten Tisch, um dort die Bestellung aufzunehmen. Paul stand da wie ein begossener Pudel, Schamröte überzog sein Gesicht. Was dachte er sich eigentlich? Wie konnte er sich nur einbilden, Leah würde ihn mit offenen Armen empfangen? Ihm hätte klar sein müssen, wie sehr er sie verletzt hatte. Wütend über sich selbst trat er auf die Rosen, ging zu seinem Wagen, startete ihn und brauste zurück zum Schloss seiner Eltern.

*

Dass Paul so urplötzlich vor ihr stand und was er sagte hatte Leah keine Ruhe gelassen. Auch als sie abends ihren Dienst beendete, war sie immer noch von Unruhe erfüllt. Es half alles nichts. Sie musste unbedingt mit jemanden über das Geschehen reden und was es mit ihr machte. Kurzentschlossen rief sie ihre Freundin Hannah an und fragte, ob sie Zeit für sie hätte. Sie könnten sich bei Leah treffen. Hannah stimmte zu und wenig später saßen die beiden Freundinnen in Leahs Zimmer bei einer Tasse Tee zusammen. Leah hatte sich in ihrem Zimmer eine kleine gemütliche Sitzecke eingerichtet und dort saßen die beiden. Leah in einem bequemen Rattansessel und Hannah in einem Schaukelstuhl.

»Ja, und als er dann plötzlich vor mir stand, schlug mir das Herz bis zum Hals. Und was er sagte, freute mich im Grunde genommen. Dass er Carlotta von Felsberg nicht heiraten würde, sondern mich zur Frau haben wolle. Hätte er das doch schon früher beschlossen. Aber er hat sich damals zu sehr von seinem Vater unter Druck setzen lassen und sich gegen unsere Liebe entschieden. Und das hat mein Vertrauen seiner Liebe zu mir zerstört. Ich weiß, dass ich ihn noch liebe, doch kann ich mir seiner Liebe nicht sicher sein. Und deshalb möchte ich nichts mehr von ihm wissen. Wer weiß, wann er mich dann das nächste Mal enttäuscht.«

Hannah schaute Leah traurig an. »Du liebst ihn und willst dennoch auf eine Beziehung zu ihm verzichten? Meinst du wirklich, dass das die richtige Entscheidung ist? Willst du es dir nicht noch einmal überlegen? Paul hat wohl einfach noch Zeit gebraucht, um sich seiner Gefühle dir gegenüber klar zu werden. Willst du ihm nicht noch eine Chance geben?«

Leah schüttelte heftig den Kopf. »Nein, ich kann nicht. Meine Angst wieder enttäuscht zu werden, ist einfach zu groß. Ich denke und hoffe, dass ich Paul mit der Zeit vergessen kann. Und ich werde mit Sicherheit wieder einen anderen Mann kennenlernen. Aber auf jeden Fall nicht zu schnell. Ich muss erstmal meine Erfahrungen mit Moritz und Paul verarbeiten. »

Sie versuchte zu lachen, doch es misslang. Hannah stand auf, nahm Leah in die Arme und wiegte sie hin und her. Leah traten Tränen in die Augen. »Es ist schön, dich als Freundin zu haben. Du tust mir gut.«

Hannah setzte sich wieder und fragte: »Hast du denn Lust noch etwas zu unternehmen? Einen Abendspaziergang vielleicht? Einfach um den Berg herum?«

Leah überlegte kurz, dann nickte sie. »Ja, etwas frische Luft wird uns nicht schaden.«

Die beiden Freundinnen machten sich auf den Weg. Obwohl es nach acht Uhr abends war, war es noch taghell, eine laue Luft umfing sie.

»Gibt es denn bei euch was Neues? Bekommen euch eure gemeinsamen Abende? Oder seid ihr jetzt zu oft zusammen? Das kann eine Beziehung durchaus stören«, sagte Leah zu ihrer Freundin.

»Nein«, sagte Hannah, »die Entscheidung nur noch tagsüber zu arbeiten war vollkommen richtig. Die gemeinsamen Abende tun uns gut. Momentan überlegen wir sogar, ob wir nicht ein Kind wollen.«

Leah sah ihre Freundin mit großen Augen an. »Ein Kind. Ohne verheiratet zu sein?«

Hannah lächelte. »Nein, nicht ohne verheiratet zu sein. Wir würden vorher heiraten. Darum geht es nämlich eigentlich bei der Frage, ein Kind zu wollen. Ist unsere Beziehung so tragfähig, um heiraten zu können und eine Familie zu gründen. Ehrlich gesagt, möchte ich das schon. Jannik ist noch zögerlich. Aber du kennst ihn ja. Er braucht zu allen Entscheidungen etwas länger als der Normalbürger. Aber das wird noch, da bin ich ganz beruhigt.«

»Mensch Hannah«, sagte Leah. »Es würde mich freuen, wenn ihr heiratet, eine Familie gründet. Es muss doch Leute geben, bei denen sowas klappt.« Ihr traten Tränen in die Augen.

»Ach Leah, auch dir wird das Glück wieder lachen. Glaub daran«, sagte Hannah zu ihr.

Leah gab sich einen Ruck. »Gut«, sagte sie. »Ich will fest daran glauben. Und nun lass uns zurückgehen und uns irgendwelche Musik hören.«

*

Graf von Bodenhausen saß mit seiner Frau im Salon bei einem Tee und Gebäck als Hubert, der Diener, eintrat. Er hielt das Telefon in der Hand und kündigte ein Gespräch mit Fürst von Felsberg an. Mit spitzen Fingern nahm der Graf das Telefon entgegen, meldete sich mit Namen und Titel, hörte zu. Dann drückte er die Beenden-Taste und gab das Telefon an Hubert zurück, der wortlos den Raum verließ.

»Jetzt wird es ernst«, sagte der Graf zu seiner Frau. »Wie du ja gehört hast, war das Fürst von Felsberg. Er hat mit uns zu reden, sagt er. Er will in einer halben Stunde hier sein. Na gut, wir haben ihm auch etwas mitzuteilen. Dann haben wir die Sache immerhin hinter uns.«

Die Gräfin sah ihren Mann ernst an. »Dann werden wir in einer halben Stunde wissen, wie unser Leben weitergeht. Ich hoffe, der Fürst hat ein Einsehen und wird trotzdem die Hochzeit ausfällt, dein Geschäftspartner werden.«

»Wir werden sehen«, sagte der Graf und schwieg. Die Eheleute hingen beide ihren düsteren Gedanken nach, bis Hubert wieder erschien und den Fürsten von Felsberg anmeldete.

Von Felsberg kam bedächtig herein, strich sich durch sein graues Haar, gab der Gräfin einen Handkuss und drückte dem Grafen fest die Hand. Er nahm den angebotenen Platz an, öffnete sein Jackett, atmete tief ein und aus und sagte: »Ich will nicht lange Drumherum reden. Es tut mir wirklich leid, was ich Ihnen jetzt sagen muss, aber meine Tochter Carlotta überfiel mich vor Kurzem mit der Mitteilung, dass sie sich verliebt hat. Und zwar in Baron Philipp von Biesen. Der Baron hat mittlerweile um die Hand meiner Tochter angehalten. Ich habe Ihnen zwar das Versprechen gegeben, dass Ihr Sohn die Hand meiner Tochter erhält, aber ich kann in Anbetracht der neuen Situation mein Wort nicht halten. Denn ich kann dem Liebesglück meiner Tochter aus rein konventionellen Gründen nicht im Wege stehen. Deshalb habe ich Philipp von Biesen die Hand meiner Tochter zugesagt. Ich hoffe, Sie können das verstehen. Gleichzeitig will ich Ihnen aber sagen, dass ich unsere zweite Abmachung, dass ich Ihr Geschäftspartner werden und finanziell in Ihr Gestüt einsteigen will, aufrechterhalten werde. Wir können gleich die kommende Woche alle dazugehörigen Verträge aufsetzen lassen und unterzeichnen. Damit das unter Dach und Fach ist.«

Er schwieg und sah den Grafen erwartungsvoll an. Nach kurzem Zögern sagte Graf von Bodenhausen: »Sehr geehrter Herr Fürst. Ihre Mitteilung kommt sehr überraschend für uns. Was soll ich sagen? Mit dieser neuen Situation konnte keiner rechnen. Und Schuld daran ist niemand. Wenn Ihre Tochter den Mann, den sie liebt, gefunden hat, dann muss man das akzeptieren. Ich wünsche ihr jedenfalls alle Gute. Ich denke, auch meine Frau wird das verstehen und akzeptieren, nicht wahr Liebes?«, sagte er in Richtung seiner Frau. Diese nickte hoheitsvoll. Der Graf sprach weiter: »Paul wird Verständnis für die Situation aufbringen können, dessen bin ich gewiss. Ihre Tochter und mein Sohn waren ja gerade eben erst dabei sich kennenzulernen. Wir sind Ihnen nicht gram.«

Es war zu erkennen, dass der Fürst über das Gesagte sehr erfreut war, ein Lächeln breitete sich auf seinen Zügen aus.

»Ich werde gleich morgen mit meinen Anwälten sprechen und einen Termin ausmachen, damit wir Ihre Teilhaberschaft besiegeln können. Sie wissen, dass ich mich freue, dass ich Sie als Geschäftspartner habe gewinnen können«, fuhr der Graf fort. Der Fürst verbeugte sich leicht im Sitzen und sagte: »Ich freue mich, dass Sie mir und meiner Familie nicht böse sind. Rufen Sie mich morgen wegen des Termins mit Ihren Anwälten an. Ich möchte mich nun verabschieden. Sie haben sicher das Bedürfnis, die neue Situation in Ruhe besprechen zu können.«

Er erhob sich, verabschiedete sich und verließ den Raum. Graf und Gräfin schauten sich sekundenlang schweigend an. Dann lachte der Graf erleichtert. »Mein Gott, da haben wir Glück gehabt. Gut, dass sich Carlotta von Felsberg verliebt hat. Ich denke, dass der Fürst ein schlechtes Gewissen hat, dass er derjenige ist, der die Verabmachung mit unserer Familie gebrochen hat. Deshalb das bestehenbleibende Angebot als mein Teilhaber. Uns kann es nur recht sein. So sind wir mit einem blauen Auge davongekommen. Und das Paul Carlotta von Felsberg nicht mehr heiraten wollte, davon braucht die Familie von Felsberg nichts erfahren.« Er lachte laut und die Gräfin stimmte erheitert mit ein.

*

Paul saß an einem kleinen Tisch in der Mensa der Universität. Er saß gerne hier, obwohl er sich jeden Mittag ohne Weiteres ein opulentes Mahl, in einem von Marktburgs Restaurants hätte leisten können. Doch er liebte das gesellige Treiben an den umliegenden Tischen, den Geräuschpegel der über allem schwebte. Es gab ihm das Gefühl an etwas sehr Lebendigem teilzunehmen. Und so war es auch. Er hatte einen Fensterplatz und konnte von hier die träge fließende Ahn sehen. Der durch seinen schlammigen Untergrund braun aussehende Fluss war wenig anschaulich. Die dunkle Färbung passte jedoch zu Pauls Stimmung. Seine Gedanken waren wieder mal bei Leah gelandet. Seitdem er sie das letzte Mal sah, nämlich an dem Tag, an dem sie ihn abblitzen ließ, waren zwei Monate vergangen. Mittlerweile waren sein Freund Philipp und Carlotta von Felsberg, die nun von Biesen hieß, verheiratet. Paul war selbstverständlich mit seinen Eltern zur Hochzeit eingeladen worden. Und das nicht nur, weil Philipp und Paul befreundet waren, sondern weil Fürst von Felsberg und Pauls Vater mittlerweile tatsächlich Geschäftspartner waren. Seit diesem Zeitpunkt ging es den Bodenhausens finanziell wieder gut. Der Fürst hatte dem Gestüt der Bodenhausens eine wirksame Finanzspritze verabreicht. Man erstand auch den Deckhengst Golden Sunlight, auf den Pauls Vater ein Auge geworfen hatte.

Glücklicherweise bestand das Angebot noch. Mit dem Kauf des Deckhengstes bekam die Familie wieder sichere

Einnahmen durch die Decktaxe, die entsprechende Pferdeliebhaber für Golden Sunlight zahlten.

Als Graf von Bodenhausen seinem Sohn damals mitteilte, dass Carlotta seinen Freund Philipp von Biesen heiraten würde, war Paul diese Mitteilung egal. Er hatte für sich ja schon entschieden Carlotta nicht zu heiraten, aber leider war ihm sein Liebesglück, nämlich Leah, entschwunden.

Was die Hochzeit von Philipp und Carlotta betraf, sprachen sich die beiden Freunde aus. Sie trafen sich auf neutralem Boden in einer der Studentenkneipen von Marktburg. Hier saßen sie an einem Tisch in der Nähe der Theke, jeder ein Bier vor sich.

»Es tut mir leid, Paul«, begann Philipp das Gespräch, »dass ich dir das angetan habe, aber ich konnte nicht anders. Als ich damals Carlotta und dich zufällig traf, habe ich mich auf Anhieb in sie verliebt. Und gegen seine Gefühle kann man nichts machen. Und ich dachte, dass ich durch ihre Gegenliebe die Legitimation habe, um ihre Hand anzuhalten. Ich hoffe wirklich, dass du mir verzeihen kannst.«

Paul klopfte seinem Freund beruhigend auf die Schulter. »Mach dir keine Gedanken. Das ist alles nicht so schlimm, wie du denkst. Ich möchte dich aber bitten, dass du das, was ich dir jetzt sage, für dich behältst. Das muss unter uns bleiben. Denn es könnte deinen Schwiegervater verärgern und Carlotta verletzen. Und das möchte ich nicht.«

Philipp versprach es Paul in die Hand.

Und Paul erzählte Philipp die Geschichte mit Leah und seiner Verweigerung seinem Vater gegenüber, Carlotta zu heiraten. Auch das Leah nichts mehr mit ihm zu tun haben wollte, verschwieg er nicht. Philipp sprach Paul sein Bedauern aus und wünschte ihm, dass sich alles noch zum Besten wenden würde.

Doch darauf schien keine Aussicht zu bestehen. Paul hatte von Leah weder etwas gesehen noch gehört. Ein Kontakt konnte nur von ihrer Seite entstehen, sie hatte ihm zu sehr deutlich gemacht, dass er ihr nicht wieder unter die Augen kommen sollte. Und so hoffte er, dass Leah ein Einsehen haben könnte und ihm wieder gut sei. Es sah aber nicht so aus.

*

Paul wandte sich wieder seinem Essen zu, stocherte aber nur darin herum. Da setzte sich jemand neben ihm auf den Stuhl.

»Es ist doch genehm«, sagte eine wohlklingende Altstimme. Paul schaute auf. Eine junge Frau mit langen, schwarzen Haaren hatte sich zu ihm gesetzt. Er kannte sie aus einigen Vorlesungen.

»Du schaust so trübsinnig, da dachte ich, ich setze mich mal zu dir und heitere dich ein wenig auf. Das heißt, wenn du nichts dagegen hast?«, sagte sie. »Ich bin Corinna Weber. Wir sind Kommilitonen. Wir haben uns schon gesehen, wurden aber noch nicht vorgestellt. Deshalb mache ich das jetzt selber.«

Sie hielt ihm ihre Hand entgegen. Verdutzt ergriff Paul sie und schüttelte sie.

Corinna sprach weiter. »Ich dachte, ich spreche dich einfach mal an. Warum nicht? Ich halte nichts von herkömmlichen Konventionen. Du bist mir in den Vorlesungen aufgefallen und ich würde dich gern kennenlernen. Was meinst du? Oder bist du in festen Händen und kannst dir kein Date mit mir erlauben?«

Paul wusste nicht, ob er sich geschmeichelt fühlen oder nur wundern sollte. Die direkte Ansprache der jungen Frau erstaunte ihn, doch musste er Corinna Weber dafür bewundern. Sie war, wie es schien, eine sehr selbstbewusste Frau. Ein Grund sie kennenzulernen.

Also sagte Paul: »Ich bin in keinen festen Händen, bin absolut frei. Wir könnten also ein Date miteinander haben. Was schlägst du vor?

»Ich gehe gern in den »Karzer«. Da ist es sehr gemütlich. Alle jungen Leute in unserem Alter gehen da hin. Keiner über dreißig.« Sie lachte.

»Gut«, sagte Paul, »sagen wir heute Abend um neunzehn Uhr im Karzer. Ich werde auch gute Laune mitbringen.«

*

Punkt neunzehn Uhr fand sich Paul im Karzer ein. Er trug wie immer seine Jeans und ein lindgrünes Jackett dazu. Er war sehr gespannt auf das Treffen. Wie würde es ausgehen? Würde es zu weiteren Verabredungen kommen oder würde es hier und heute enden. Er hatte sich überlegt, ob es tatsächlich gut war, sich mit Corinna zu treffen. Aber es war Zeit, aus seinem Trübsalblasen herauszukommen und Leah zu vergessen. Corinna war eventuell die Chance dafür. Sie war auf jeden Fall eine interessante Person. Sie saß am Tresen, irgendeinen Longdrink vor sich. Paul hatte sie in dem schummrigen Licht des Lokals kaum ausmachen können. Sie begrüßte Paul mit einem Kuss auf die Wange, den dieser zögernd erwiderte. Gutes Tempo, dachte Paul.

Nachdem Paul sich ein alkoholfreies Weizenbier bestellte, begann Corinna von sich zu erzählen. Sie stammte aus Marktburg und studierte Betriebswirtschaft. Sie war selbstverständlich auch hier zur Schule gegangen. Paul hätte es nicht gedacht, denn Marktburg, war bis auf die Tatsache, dass die Universität hier beheimatet war, sehr provinziell und Corinna war alles andere als das. Ihre Eltern betrieben ein Feinkostgeschäft im Ort, das sehr gut lief. Kunden waren hauptsächlich Universitätsangestellte, Doktoren und Professoren. Somit war Corinna von Kindesbeinen an mit dem Universitätsleben groß geworden. Sie besaß ein kleines Appartement im Westen der Stadt, das von ihren Eltern finanziert wurde. Für sie war das absolut in Ordnung. Sie war das einzige Kind und war es gewohnt von ihren Eltern verwöhnt zu werden.

Aber das hatte Paul, bis zur finanziellen Krise seines Vaters, ja auch so erlebt. Paul erzählte ebenfalls von sich und empfand es als sehr angenehm, dass da jemand war, der ihm zuhörte, der Interesse an ihm zeigte. Es war ein geselliger Abend und so war es nicht verwunderlich, dass Paul bei Corinna im Appartement und somit in ihrem Bett landete. Bedingt natürlich auch durch die offene Art von ihr.

*

Corinna und Paul sahen sich nun jeden Tag. Da sie im gleichen Semesterjahrgang waren, besuchten sie die gleichen Vorlesungen. Sie aßen in der Mensa gemeinsam zu Mittag, das heißt ab und zu lud Paul Corinna zum Mittagessen in einem der Nobelrestaurants des Ortes ein. Sogar die Kaffeepausen verbrachten sie gemeinsam und auch die Abende gestalteten sie zusammen. Paul empfand das als angenehm, es lenkte ihn von seinen Erinnerungen an Leah ab. Sie verschwand tatsächlich so nach und nach aus seinen Gedanken. Er übernachtete sehr häufig bei Corinna, das fühlte sich besser an, als die Nacht mit ihr zusammen im Schloss seiner Eltern zu verbringen. Er fühlte sich dadurch sogar unabhängiger.

Ein erster kurzer Unmut kam auf, als Paul Corinna von seinem Hobby, dem Schreiben, erzählte. Sie wollte natürlich etwas von ihm lesen oder vorgelesen bekommen. Er entschloss sich, ihr eine Kurzgeschichte zum Lesen zu geben. Es handelte sich um die Geschichte eines Postboten, der seinen letzten Arbeitstag hatte und dem seine Kunden eine freudige Überraschung bereiteten. Corinna nahm den Ausdruck der Erzählung mit nach Hause und äußerte sich am nächsten Tag in der Mensa dazu. Sie sagte: »Du beschreibst da eine sehr heile Welt, die es so nicht gibt. Außerdem steckt die Geschichte voller Klischees. Du solltest das Ganze nochmal überarbeiten. Kannst sie mir dann nochmal zum Lesen geben.«

Paul war so vor den Kopf gestoßen, dass er nicht wusste, was er dazu sagen sollte. Es war noch nicht einmal so, dass ihn das Gesagte verletzte. Mochte sein, dass die Kritik berechtigt war, doch das Entscheidende war, wie Corinna es sagte. Es klang sehr hart und verletzend. Keine Spur von Empathie mit dem Schreiber war zu erkennen. Es gab nichts Konstruktives, sondern das Gesagte kam bei Paul nur vernichtend an. Leah war mit seinen Geschichten, nachdem sie sie gelesen hatte, anders umgegangen. Ihr gefielen sie in der Regel und ihre Kritik, die es an einigen Passagen oder Formulierungen gab, waren konstruktiv gewesen, nie vernichtend. Paul entschied für sich, Corinna nicht allzu schnell wieder etwas von sich zu lesen zu geben.

Leider kam es dann zu einem weiteren negativen Erlebnis. Paul entführte Corinna eines Tages an den Baggersee, den er immer mal wieder aufsuchte, um sich dort zu Geschichten inspirieren zu lassen. Der Sommer ging langsam zur Neige, doch es war ein herrlicher Tag mit Sonnenschein, als sie an dem See spazieren gingen. Corinna schritt schnell voran, sie schien ungeduldig.

»Kannst du nicht etwas langsamer gehen«, sagte Paul, »ich kann so gar nicht die Natur genießen, wie ich möchte.«

Corinna blieb stehen und sagte: »Also ich muss sagen, ich weiß nicht, was du an diesem Tümpel findest. Ich kann dem nichts abgewinnen. Fahren wir lieber zurück in die Stadt und setzten uns in den Biergarten am »Severinus«.«

»Gut«, erwiderte Paul, »dann machen wir das.« Er drehte sich herum und ging zum Parkplatz. Corinna folgte ihm mit schnellen Schritten. Paul sagte ihr nicht, wie sehr ihn das Gesagte verletzte. Mit Leah war das anders gewesen.

So gab es immer wieder Ereignisse, bei denen Paul Corinnas Kritik ausgesetzt war. Mal war die Krawatte zu dunkel oder die Basecap zu schäbig. Er solle nicht immer mit der Gabel rumspielen, wenn sie im Restaurant aufs Essen warteten. Es waren Kleinigkeiten, die sie bemängelte, doch waren dies Nadelstiche, die Paul unausgesetzt trafen. Und sie häuften sich.

Und langsam begann er, die Beziehung zu Corinna in Zweifel zu ziehen. Es fiel ihm aber schwer, die Entscheidung zu treffen, sich von ihr zu trennen. Was er mittlerweile jedoch wusste, war, dass er sie nicht so liebte wie Leah.

Irgendwann machte Paul dann den Vorschlag ein verlängertes Wochenende am Auersee zu verbringen, dem See der Leah so gut gefiel. Und an dem Paul und sie ihre erste Liebesnacht verbracht hatten.

Es war noch schönes Wetter, als Corinna und Paul Ende September an den See fuhren. Sie kamen am Nachmittag an und machten einen Spaziergang am See entlang. Das Hotel »Haus Weise« lag ja am See, man konnte von dort direkt losmarschieren. Es war wenig Betrieb um den See herum, es begegneten ihnen nur wenige Spaziergänger. Die Saison war vorbei, aber genau diese Ruhe, die herrschte, war genau das, was Paul wollte. Corinna beschwerte sich, es wäre besser gewesen in die nächstgelegene Stadt zu fahren, um dort zu bummeln. Außerdem klagte sie über schmerzende Füße, da sie neue Schuhe trug. Somit wurde es nur ein kurzer Spaziergang. Sie aßen dann später im Hotel zu Abend, gingen im angrenzenden Ort noch in eine kleine Bar, damit endete der Tag.

Am nächsten Morgen beim Frühstück zeigte Corinna gute Laune, da heute ein Shopping-Bummel in der Kleinstadt Moest anstand. Der Bummel wurde aber erstmal durch einen starken Regenguss verhindert. Sie kamen aber in einem Café einer Bäckerei unter und nach einiger Zeit klarte es wieder auf und die Sonne schien vom Firmament. Corinnas Laune hatte sich durch den Regen wieder verschlechtert. Immerhin peppte das Mittagessen in der »Wilden Frau« Corinnas Laune auf. Sie hatte unbedingt eine westfälische Kartoffelsuppe mit

Mettwurst essen wollen. Glücklicherweise stand das Gericht im Restaurant auf der Karte. Grund genug für Paul aufzuatmen.

Nachmittags besuchten die beiden das Museum des Städtchens. Paul fand Interesse an einer großen Sammlung von Liebesbriefen, die die Schreiber der Briefe an das Museum geschickt hatten. Das war eine deutschlandweite Aktion des Museums gewesen. Das Besondere dieser Liebesbriefe war, dass sie sich an alles Mögliche richten konnte. So gab es Liebesbriefe an Bücher, Haushaltsgegenstände oder PKW-Modelle. Corinna empfand das als eine lächerliche Aktion. Paul wunderte das nun nicht mehr, mittlerweile erwartete er von Corinna nichts anderes.

Für den letzten Tag hatte Paul eine Wanderung zur Drobbelter Kapelle geplant. Er war aber von dieser Idee nicht mehr begeistert. Das war nämlich bestimmt nichts für Corinna. Paul fiel auf, dass sie genau das unternahmen, was er damals schon mit Leah unternommen hatte. War das unbewusst etwa seine Absicht?

Aber jetzt war Paul alles egal und so machte sich das Paar am nächsten Tag zur Kapelle auf. Glücklicherweise waren Corinnas Fußprobleme verschwunden und so war die Wanderung gut für sie zu bewältigen. Aber Spaß daran schien sie trotzdem nicht zu haben. Sie interessierte sich nicht für die Natur ringsum, die meiste Zeit war sie mit ihrem Smartphone beschäftigt. An der Kapelle fand sie keinen Gefallen. Es war ein Ort der Stille, ein Ort, um zur Ruhe zu kommen. Corinna war die Kapelle zu abgelegen, eben zu still. Paul, dem dieser Platz außerordentlich gefiel, war enttäuscht. Dass Corinna so an gar nichts Gefallen fand, was ihm gefiel, war zum Verzweifeln.

Sie hielten sich dann nicht lange auf, sondern marschierten wieder zurück ins Hotel. Am Nachmittag noch eine Fahrt mit einem Mietkajak auf dem See, abends noch ein Besuch in der Bar im Ort und das Wochenende war endlich zu Ende.

Für Paul hieß das aber, dass noch etwas anderes beendet war. Dieses Wochenende mit Corinna hatte ihm gezeigt, dass er mit ihr reden musste. Denn diese Beziehung, die ihm nur die absolute Frustration brachte, musste ein Ende haben.

*

Leah beendete ihre Arbeit, machte die Abrechnung und ging in ihr Zimmer. Sie wusste nicht, was sie machen sollte. Sie konnte sich nicht schon wieder mit Hannah und ihrem Freund treffen. Sie hatte sich mit den beiden in letzter Zeit oft verabredet. Sie mochte die beiden, fühlte sich bei ihren Treffen auch nicht als fünftes Rad am Wagen, doch wollte sie ihre Freundschaft nicht zu sehr beanspruchen.

Leah hatte sich, obwohl ihr das widerstrebte, an einer Online-Datingplattform angemeldet und sich mit zwei jungen Männern getroffen. Sie machte das, weil sie durch ihre Arbeitszeiten, kaum eine Möglichkeit sah, andere Leute kennenzulernen. Und des Alleinseins war sie müde. Aber die Online-Plattform war nicht die Lösung gewesen. Die Männer, die sie traf, waren zwar nett, weckten aber nicht ihr Interesse. Da stand für sie fest, dass sie das beenden musste. Sie meldete sich auf der Internetseite ab. Ihr war klar geworden, dass dieses Sehnen, das sie verspürte, nicht der Wunsch nach irgendeiner Beziehung war, sondern dass sie sich nach Paul verzehrte. Sie hatte ihn nicht vergessen können, so wie sie es hoffte und wünschte. Diese Erkenntnis machte sie traurig und verzagt. Was sollte werden? Sie konnte auf Pauls Liebe nicht bauen. Er selbst hatte durch sein Verhalten LeahsVertrauen in seine Liebe zerstört.

Sie seufzte, nahm eines ihrer Bücher zur Hand, setzte sich in ihren Schaukelstuhl, versuchte zu lesen, schloss das Buch, als sie merkte, dass ihr das nicht gelang. Sie ging in die Küche, bereitete sich einen Tee, schaute irgendeine Nachrichtensendung im Fernsehen und ging dann zu Bett. Sie lag noch lange wach, bis sie dann in einen unruhigen Schlaf fiel.

*

Am Montag nach dem Wochenende am Auersee ging Paul nicht zur Vorlesung. Er sendete Corinna aber eine Nachricht auf ihr Smartphone, dass er sie mittags gerne sprechen würde. Sie schrieb zurück, dass sie sich um zwölf Uhr in der Mensa treffen könnten. Punkt zwölf saß Paul an einem der Fenstertische in der Mensa. Er hatte sich einen Kaffee geholt, den er kalt werden ließ. Da sah er in einer Gruppe anderer Studenten Corinna herankommen. Als sie Paul sah, verabschiedete sie sich von ihren Kommilitonen und kam an den Tisch zu ihm. Sie begrüßte ihn mit einem Kuss auf die Wange. Dann setzte sie sich und sah ihn erwartungsvoll an. »Um was geht es denn, mein Lieber?«, fragte sie.

Paul schluckte, dann sagte er: »Hör zu. Ich will nicht viel Worte machen. Ich glaube, mit uns beiden kann es nichts werden. Ich denke, wir passen einfach nicht zueinander. Wir hatten die meiste Zeit zwar Vergnügen miteinander, aber ich möchte die Beziehung zu dir beenden.«

Er schaute Corinna an. Erstaunt hörte er ihr Lachen.

»Wow«, sagte sie, »also ehrlich Paul. Als ich heute morgen deine Nachricht bekam, befürchtete ich, du wolltest um meine Hand anhalten, mir ewige Liebe schwören. Das wäre das was ich am wenigsten gewollt hätte. Du wirst lachen, du rennst bei mir offene Türen ein. Auch ich hatte schon den Gedanken Schluss mit unserer Beziehung zu machen. Du bist nett, ein wirklich lieber Kerl. Aber ich habe feststellen müssen, dass wir nicht zusammenpassen. Ich habe das an dem vergangenen Wochenende aber erst richtig gemerkt. Deshalb vielleicht mein nicht ganz so nettes Verhalten die letzten Tage.

Gut, dann lass uns die Sache hier und jetzt direkt beenden und uns als gute Freunde auseinandergehen. Das sollten wir wirklich, denn wir werden uns hier an der Uni noch öfter sehen.«

Sie stand auf, reichte ihm die Hand, die Paul verdutzt ergriff und sagte: »Machs gut Paul. Ich wünsche dir alles Gute.«

Paul bekam nur ein »Wünsche ich dir auch« heraus, dann saß er alleine da. Total verblüfft aber erleichtert.

*

Leahs Smartphone klingelte. Sie schaute auf das Display. Es war Hannah, die anrief. Leah stellte das Tablett mit den Getränken auf dem Tresen ab und nahm das Gespräch entgegen. »Hallo Hanna, was gibt es?«

»Ich wollte dich fragen, ob du am Sonntag um elf Uhr Zeit hast. Meine Tante hält mit ihrem Verein »Schreibfreunde Marktburg« eine Lesung in der Stadthalle ab. Sie lesen Märchen der Brüder Grimm, die sie neu interpretiert haben.«

Leah überlegte kurz: »Zeit habe ich. Ich fange erst abends zu arbeiten an. Aber Märchen, ich weiß nicht.«

»Das wird bestimmt toll. Wenn ich alleine an meine Tante denke, sie mit ihrem Humor. Sie hat bestimmt einen tollen Text parat.«

Leah war mit Hannah des Öfteren bei Lesungen des Vereins gewesen. Es hatte ihr immer gut gefallen. Ja, konnte sein, dass das lustig sein konnte, mit den Märchen. Die Leute im Verein waren alle Hobbyschreiber, trotzdem brachten sie sehr qualitative Texte zu Papier. Sie waren eben mit Herzblut bei der Sache.

»Gut Hannah, ich gehe mit. Kostet es Eintritt?«

»Nein, ist wie immer unentgeltlich. Eine Spende für den Verein wäre schön. Die lassen in der Pause immer ein Sparschwein unter den Zuhörern rumgehen. Jannik kommt übrigens ebenfalls mit.«

»Ach ja, wusste gar nicht, dass er sich für so was interessiert.«

»Ja, ich bin auch erstaunt. Aber diese Märchengeschichten scheinen ihn anzusprechen.«

»Also gut, dann treffen wir uns kommenden Sonntag kurz vor elf vor der Stadthalle.«

Leah beendete das Gespräch. Bei dem Thema Lesung fiel ihr Paul ein. Das war so ein Wunsch von ihm gewesen. Mal an einer Lesung teilnehmen zu können. Da musste man aber organisiert sein. So als unbekannter kleiner Autor kam man zu keiner Lesung. Paul war in keinem Verein. Er hatte Leah aber erzählt, dass er vor längerer Zeit privat ein paar Leute traf, die auch interessiert am Schreiben waren. Die Gruppe war aber nach einigerZeit auseinandergefallen. Über die Gründe wusste Leah nichts.

*

Nachdem Paul sich von Corinna getrennt hatte, wusste er zuerst eimal nichts mit sich anzufangen. Corinna und er hatten viel zusammen unternommen. Jetzt verfügte er wieder über mehr Zeit, die sinnvoll ausgefüllt werden wollte. Er nutzte die gewonnene Zeit so, dass er mehr schrieb. Er setzte sich tatsächlich jeden Tag hin und schrieb an seinen Texten. Aber es gefiel ihm nicht, allein vor seinem Schreibtisch zu sitzen. Ihm fehlte der Austausch mit anderen Leuten, über das was er schrieb. Er benötige ein Feedback. Zu seinen Eltern konnte er da nicht gehen. Sie hielten sein Schreiben für Spielerei. Auch bei seinen Studienkollegen würde er niemanden finden, der Interesse an seinem Schreiben haben würde.

In Marktburg gab es ja diesen Verein, die »Schreibfreunde Marktburg«. Er hatte vor zwei, drei Jahren mal überlegt, ob er dem Verein beitreten solle. Er hörte sich eine Lesung des Vereins an. Nach der Lesung stand für ihn fest, dass er diesem Verein nicht angehören konnte. Die Leute, die er hörte, hatten so tolle Texte geschrieben, da reichte er mit seinem »Geschreibsel« nicht heran. Er schaltete damals dann kurzentschlossen in der Regionalzeitung eine Anzeige, in der er mitteilte, dass er schreibinteressierte Leute suchte. Und siehe da, auf die Annonce meldeten sich vier Leute. Ein blinder Betriebswirt, eine ältere Ärztin, ein Schreinerlehrling und eine junge Psychologin. Sie trafen sich regelmäßig privat und tauschten am Anfang tatsächlich Texte aus und besprachen sie. Aber im Lauf der Zeit brachte keiner mehr Texte mit. Die Treffen entwickelten sich zu einem geselligen Beisammensein, allgemeine Themen wurden besprochen. Das Schreiben geriet immer mehr in den Hintergrund. Und irgendwann zerfiel die Gruppe gänzlich.

Mittlerweile war das Schreiben für Paul aber so wichtig geworden, dass er sich dann doch den Mitgliedsantrag der Schreibfreunde Marktburg von der Webseite des Vereins herunterlud und somit Mitglied im Verein wurde. Man traf sich einmal im Monat zu einem Stammtisch und einmal zu einer Schreibgruppe, wo Texte vorgelesen und besprochen wurden. Paul wurde nach seinem Eintritt einer der Schreibgruppen zugeordnet.

Und so war es gekommen, dass Paul tatsächlich vor seiner ersten Lesung stand. Obwohl er erst seit Kurzem Mitglied war, hatte man ihn gefragt, ob er denn an der nächsten Lesung des Vereins, einer Märchenlesung teilnehmen wolle. Falls er ein Märchen parat hätte. Paul hatte tatsächlich vor einiger Zeit ein Märchen geschrieben. Es war zwar keine Interpretation eines Grimm' schen Märchens, sondern eine eigene Kreation. Er schrieb es für eine Ausschreibung eines Verlags zu einer Märchenanthologie, schickte es aber aus Angst vor Ablehnung nicht ab. Die drei Leute, die die Lesung organisierten, prüften Pauls Märchen auf Herz und Nieren, befanden es für gut und Paul war auserkoren an der Lesung teilzunehmen. Er freute sich riesig darüber.

*

Leah, Hannah und Jannik standen in der Schlange von Menschen, die sich vor dem Eingang der Stadthalle Marktburg gebildet hatte. Die bevorstehende Lesung kostete zwar keinen Eintritt, doch mussten die Besucher ihre Mäntel an der Garderobe abgeben und so war der Stau entstanden. Es war die erste Dezemberwoche und es war recht kalt. Die Leute trampelten mit den Füßen, um sie warmzuhalten. Als die drei Freunde eingelassen wurden, bekamen sie aber trotzdem noch drei der vorderen Plätze. Die anderen Leute scheuten sich wohl, sich vorn hinzusetzen. Die drei Freunde taten das gern. Sie hatten freien Blick auf die Bühne. Im Vordergrund der Bühne stand ein kleiner beleuchteter Tisch mit einem Stuhl. Rechts im Hintergrund an einem größeren Tisch saßen die Akteure der Schreibfreunde Marktburg und warteten darauf lesen zu können. Da der Tisch im Hintergrund war, war von ihnen nur schemenhaft etwas zu erkennen.

Ein Mitglied des Vereins sprach ein paar einleitende Worte und dann ging es los. Die Texte, die dargeboten wurden, gefielen Leah gut. Als dann die vierte Person an die Reihe kam und vortrat, traf es Leah wie ein Schlag. Der Mann, der sich dort an den Tisch setzte, um seinen Text vorzulesen, war Paul von Bodenhausen. Paul, ihr Paul! Damit hatte sie am Wenigsten gerechnet. Ihn erwartete sie hier nicht. Ihr Herz pochte laut in der Brust, sie fühlte eine wohlige Wärme aufsteigen. Wie schön es war, ihn dort oben auf der Bühne zu sehen. Sie erkannte mit aller Gewissheit, wie sehr sie ihn liebte. Und sie erkannte, dass sie ihm schon vor geraumer Zeit vergeben hatte. Paul legte sich sein Manuskript zurecht, schaute ins Publikum und sagte: »Das Märchen, dass ich Ihnen jetzt vorlesen möchte, habe ich meiner großen Liebe Leah gewidmet.« Leah unterdrückte ein Schluchzen.

Paul begann zu lesen. Ein Märchen, in dem einem Prinzen im Traum eine Prinzessin erscheint, in die er sich unsterblich verliebt. Er macht sich auf den Weg um sie zu suchen und zuguterletzt auch zu finden.

Paul hob ab und zu den Kopf von seinem Text auf, um ins Publikum zu schauen. Dabei fiel sein Blick auf Leah, die in der zweiten Reihe der Stühle saß. Er stockte kurz, lächelte, winkte Leah kurz zu und las weiter. Es wirkte trotz des Stockens sehr souverän. Er schien in seinem Element. Als er endete, bewies der langanhaltende Beifall, wie sehr den Zuhörern das Gehörte gefallen hatte.

Dann war Pause.

Paul kam von der Bühne herunter, trat auf Leah zu, hielt ihr beide Hände entgegen und sagte: »Ich freue mich sehr dich hier zu sehen und das du das Märchen gehört hast, dass ich für dich geschrieben habe.«

Leah ergriff seine Hände und sagte: »Ich bin überglücklich, dass wir uns hier wiedergetroffen haben.«

Die beiden umarmten sich, hielten einander so fest, als wollten sie sich nie wieder loslassen. Leah schmiegte sich an Pauls Wange und fragte: »Sind wir jetzt zusammen?«

Paul nickte und hauchte ihr ein zärtliches »Ja, für immer«, ins Ohr.

Ende

## Bisher bei Novo-Books erschienen

### Terra-Utopia
**Science-Fiction**

| | | |
|---|---|---|
| 1 | Wolfgang Sternbeck | Expedition in die Vergangenheit |
| 2 | W. A. Hary | Flucht ins Ungewisse |
| 3 | Michael Abrahams | Die Seuche aus dem All |
| 4 | Will. A. Travers | Erben der Menschheit |
| 5 | Wilfried Hary | Brennpunkt Candor |

| | | |
|---|---|---|
| 6 | Wilfried Hary | Hundert Jahre Frist |
| 7 | Steffen Kremser | Der Tevandian-Feldzug |
| 8 | Will A. Travers | Kampf der Mutanten |
| 9 | Wilfried Hary | Erde im Umbruch |
| 10 | Wilfried Hary | Ein Planet wird versteigert |
| 11 | Detlev G. Winter | Meteor |
| 12 | Wilfried Hary | Jordans Planet |
| 13 | Steffen Kremser | Die Ziziras-Mission |
| 14 | Detlev G. Winter | Orbit |
| 15 | Wilfried Hary | Bullmanns Weltraumfahrten |

## Missouri

### Western

| | | |
|---|---|---|
| 1 | Hal Warner | Montain Jack |
| 2 | Mara Laue | Woman Chief |
| 3 | Frank Callahan | Treck der verlorenen Seelen |
| 4 | Stan Costner | Die beiden Lords |
| 5 | Will Harris | Chester Cole´s Rückkehr |
| 6 | Wolf G. Star | Nur ein Kopfgeldjäger |
| 7 | H. W. Yuma | Bis zum letzten Mann |
| 8 | Hal Warner | Catananga |
| 9 | Frank Callahan | Des Marshals größter Trick |
| 10 | Wolf G. Star | Das Greehorn aus dem Osten |
| 11 | Karsten Oberbeck | Die Bande von Red-Rock |
| 12 | Hal Warner | Zwei Verdammte |
| 13 | Frank Callahan | Er zähmte die Stadt der Wölfe |
| 14 | Raven E. Dietzel | Wild ist das Land |
| 15 | Hal Warner | Ein Mann wechselt die Fronten |

## Horrorkabinett

### Horror – Grusel – Mystery

| | | |
|---|---|---|
| 1 | Michael Abrahams | Purgatory |
| 2 | Terence Brown | Labyrinth der verlorenen Seelen |
| 3 | Terence Brown | Der Herr der Träume |

| | | |
|---|---|---|
| 4 | Terence Brown | Lockruf der Dämonen |
| 5 | Terence Brown | Die Höllenknechte |
| 6 | Damian Woolfe | Judge Midnight |
| 7 | Terence Brown | Die Hexe aus dem Moor |
| 8 | Jürgen Haberzett | Chips Malibu 1: Insel des Todes |
| 9 | Terence Brown | Das Duell der Dämonen |
| 10 | Terence Brown | Die Bancroffs im Dilemma |
| 11 | Katrin Holzaüfel | Das finstere Phylakterium |
| 12 | Eve Grass | Hinter dem Zifferblatt 1: Der Fluch des Uhrmachers |
| 13 | Eve Grass | Hinter dem Zifferblatt 2: Teuflische Kinder |
| 13 | Tatjana Stöckler | Fürchte dich nichr! |

## John Amber – Schatten über New York

### Horror

| | | |
|---|---|---|
| 1 | Peter Coltrane | Taxi in die Hölle |

## Sabrina

### Liebes- und Schicksalsromane

| | | |
|---|---|---|
| 1 | Hilde Braunsfeld | Du schaffst das, Angelika |
| 2 | Simone Scheffer | Wann kommt das Glück auch zu mir? |
| 3 | Elfriede Schilling | Liebe bis in den Tod |
| 4 | Simone Scheffer | Wenn Herzen zueinander finden |
| 5 | Hilde Braunsfeld | Liebeswirren am Donaustrand |
| 6 | Simone Scheffer | Das Mädchen vom Moor |
| 7 | Rainer Güllich | Lebe trotz Hindernissen |
| 8 | Regina Schleheck | Herzgrenze |
| 9 | Ulla Garden | Mein eisiger Prinz . . . |
| 10 | Simone Scheffer | Ruf des Schicksals |
| 11 | Ingrid Reidel | Melodie der Liebe |
| 12 | Ulla Garden | Fehltritt ins Glück |
| 13 | Elfriede Schilling | Weißt du was Liebe ist? |

| | | |
|---|---|---|
| 14 | Ulla Garden | Fehltritt ins Glück 2 |
| 15 | Reni Guldberg | Adlige Pflichten |

Printed in Poland
by Amazon Fulfillment
Poland Sp. z o.o., Wrocław

40171673R00054